殺人勤務医

JN282134

大石 圭

角川ホラー文庫
12378

目次

プロローグ

25年ほど前、母と僕は横浜に暮らしていた。横浜と言っても港の近くではなく、横浜駅から私鉄に乗って何駅か行った、小さな家々がゴチャゴチャと軒を連ねる一角だった。

そこは、商店街の通りに面した古い木造アパートの2階で、夜、布団に入ってからも、通りを行き来する人々の話し声や隣の部屋のテレビの音が聞こえて来るような、狭くて壁の薄い部屋だった。

それは――今思えば、昔の人が食事に使うひとり用のお膳《ぜん》だったのだろう。部屋の片隅には、僕が物心ついた時から、漆の剝《は》げかけた低い台が置かれていて、その上に筆で漢字の書かれた細長い厚紙が2枚、立て掛けられていた。

母は毎日、その小さなお膳で線香を焚《た》き、季節ごとの花を飾った。コップに牛乳を入れて置き、チョコレートやクッキーやビスケットや、ナシやリンゴやミカンを供えた。そしてお膳の前に跪《ひざまず》き、小声で何か呟《つぶや》きながら両手を合わせた。

僕にはまだ漢字は読めなかったけれど、それでも、その小さなお膳や2枚の厚紙が、誰かの死を悼み、弔うためのものだということはわかっていた。

いったい誰が死んだのだろう？　そこには写真がなかった。

「あれは何なの？」

ある日、僕は母にきいた。

まだ20代の半ばだったはずの母は、しばらく考えてから答えた。

「あれはリョウの……弟か妹になるはずだった子供たちの仏壇よ」

僕は驚いて母を見上げた。まもなく夕方の出勤の時刻だったのだろう。母は美しく化粧を整えていた。

「その子たちは……死んじゃったの？」

僕がきき、母は赤いマニキュアをした人差し指で自分の唇に触れながら頷《うなず》いた。そこには鮮やかなルージュが引かれていた。

「……その子たちはね、生まれて来ることができなかったのよ」

「どうして生まれて来られなかったの？」

僕はもう1度だけきいた。

けれど、もう母は答えなかった。僕もそれ以上はきかなかった。きけば母の機嫌がまた悪くなり、ぶたれたり、つねられたり、髪の毛を引っこ抜かれたり、甲高い声で怒鳴りつけられたりするかもしれなかったから。

僕は何もきかなかった。けれど、直感した。

――僕の弟か妹になるはずだった子供たちは、お母さんに望まれなかったんだ。だから、生まれて来られなかったんだ。

きっとそうだ。だけど今ではお母さんは、それを悪かったと思っているんだろう。だから毎日、ふたりに手を合わせて謝っているんだろう。生まれられなかった子供たちに、許してもらおうとしているんだろう。

——ふたりは、お母さんを許すだろうか？

幼い僕は考えた。そして、思った。

僕だったら許さない。絶対に許さない。

今さら謝られても、遅すぎる。

第一章　12人目

1.

この部屋には窓がない。

低い天井にずらりと並んだ白熱灯が、コンクリートが剝《む》き出しの壁や、白いタイル貼りの床や、天井に縦横に走るダクトやパイプを無機質に照らしている。

部屋の広さは幅が約6m、奥行きが6m。その中央に、部屋を分断するかのように26本の鉄筋が縦に嵌《は》まっている。30℃に設定されたエアコンのせいで、ムッとするほど暑い。

その鉄筋のこちら側——地上に通じる出入口がある側には、木製のテーブルと椅子が一脚置いてあり、テーブルの脇には36インチのモニターが鉄筋の向こう側に画面を向けてセットされている。モニターは、ケーブルテレビの料理専門チャンネルにセットされていて、そこから今、中華料理研究家とその助手の話し声がきこえる。

『これが肝心なんですが、お豆腐は充分に水切りをしておいてください』

『先生。お豆腐は茹《ゆ》でなくていいんですか？』

『ええ、水切りだけでいいんですよ。さて……お豆腐の水切りが充分にできたら、これをボールに入れて、鶏ひき肉、シイタケ、キクラゲ、アサツキ、ショウガの擦り下ろしと、先ほど作ってもらったスープを加えます』

『ええっと……こちらのスープですね？』

『そうです。それを加えて軽く混ぜてください』

部屋の中央を分断する26本の鉄筋は太さが2㎝。1本1本の間隔は約20㎝。縦に嵌められた鉄筋の上端は天井のコンクリートに、そして下端は床のタイルの隙間に深く埋め込まれている。

鉄筋の向こう側の壁には、これから殺される雄牛を描いた絵が掛けられ、白い陶製の洋式便器（たぶん前の所有者である無名の画家が使っていたのだろう）と、質素な鉄製のダブルベッド（これも画家が使っていたらしい）が据えつけてある。

そして今、その鉄製のダブルベッドの上には——裸の女がうずくまっている。

鉄格子の中の女は、自分の膝《ひざ》を抱くようにして体を丸めている。

死んでしまったのだろうか？——いや、そうではない。じっと見つめていると、骨の浮いた体が静かに上下しているのがわかる。

僕はコールマンのクーラーボックスを肩に下げ、ゆっくりと鉄格子に近づく。鉄格子の前のテーブルにクーラーボックスを乗せ、椅子に座る。クーラーボックスから食欲をそそる濃厚な匂いが漏れて来て、口の中に唾液《だえき》が溢《あふ》れ出す。

クーラーボックスを開き、深い皿に入った麻婆豆腐《マーボどうふ》や、湯気の立ちのぼる海老炒飯《えびチャーハン》や、ギョウザやシューマイや春巻や豚の角煮や、杏仁豆腐《あんにん》の入ったタッパーや、グラスや老酒《ラオチュー》のボトルや、箸《はし》や小皿を取り出してテーブルに並べる。

……カチャカチャ……カチャ……カチャカチャ……。

食器の触れ合う音に、あるいは立ちのぼる中華料理の匂いに、ベッドの上の女は目を開いた。

「おやっ、起きたんですか？」

僕が微笑みかけ、鉄格子の向こう側の女はうつろな目つきでこちらを見る。

「おはようございます……いや、もう夜だから、こんばんは、ですね」

女に笑いかける。だが、女が挨拶《あいさつ》を返して来ないことはわかっている。

「ああ……もう許して……お腹がペコペコなの。お願い、何か食べさせて……」

女は顔を歪《ゆが》めて嘆願する。「ねえ、お願いだから、何か食べさせて……」

もちろん、女の表情が意味するのは、苦痛だとはわかっている。だがそれは、性的な快楽に溺《おぼ》れ、さらにそれを求めているような、そんな顔にも見える。

ここに来てからの5日間、女は水以外の物をまったく口にしていない。今ではその空腹は、人が耐えられる限界を越えているはずだ。襲いかかる極限の飢えに、体内のすべての細胞が栄養素を欲してさざめき、苦痛に悶《もだ》え震えているはずだ。

　1カ月ほど前、横浜中華街の高級中国料理店で見かけた時と同じように、女は背中まで届くサラサラとした茶色の髪と、生意気そうに整った顔つきをしている。だが、この5日間で女の風貌《ふうぼう》はすっかり変わってしまった。

　吊り上がった大きな目は異様なまでに落ち窪《くぼ》み、脂肪を失った顔は頭蓋骨《ずがいこつ》の形がはっきりと見て取れるほどだ。あれほど完璧《かんぺき》に施されていた化粧も、今ではすっかり落ちてしまった。ルージュのない唇は色を失い、ファンデーションの剝《は》げ落ちた頰は青ざめている。2日前までは微《かす》かに匂った香水も、もはや完全に消えてしまった。今はただ、伸ばした手の爪にブルーのマニキュアが、そして足の爪にピンクのペディキュアが、相変わらず艶《つや》やかに光っているだけにすぎない。

「ねえ、お願いよ……お腹が空いて死にそうなの……お願い……何でもいいから食べさせて……」

　女が身を起こし、モカブラウンの小さなショーツを穿《は》いただけの裸体があらわになる。細い腕のあいだで、張りを失い始めた乳房が微かに揺れる。

　女の体から黒革のジャケットや、ぴったりとしたハイネックの白いノースリーブのセーターや、膝上25㎝の黒革のミニスカートを剝ぎ取ったのは僕だ。ナチュラルカラーのパンティストッキングや、ショーツとお揃《そろ》いのモカブラウンのブラジャーや、ヒールが12㎝もあるパンプスを剝ぎ取ったのは、確かに僕だ。だが、僕が女を裸にしたのは性的な目的のためではない。

僕はただ、女が日ごとにやつれ、痩《や》せ衰えていく様子を見たいだけなのだ。女の皮膚に骨と血管が浮き上がり、生きながらミイラのようになっていく様子をしっかりと見届けたいだけなのだ。ただ、それだけだ。

女は極端なまでに痩せている。ファッション誌のモデルだから痩せているのは当然だろうが、この5日間で体重はさらにぐっと落ちたようだ。ビキニの日焼け跡が残る体からは、皮膚のすぐ下にあるすべての骨が浮き出している。尖《とが》った肩では鎖骨が深い窪みを作り、腋《わき》の下から脇腹にかけての部分では、肋骨《ろっこつ》が、まるで博物館にあるミイラのような不気味な陰影を見せている。ショーツの脇の細い紐《ひも》のところからは腰骨が突き出し、下腹部はえぐれたように凹《くぼ》んでいる。ここからでは見えないが、背中には肩甲骨が、天使の翼のように飛び出しているはずだ。

モニターでは中華料理研究家と助手との会話が続いている。

『それでは次に、お鍋《なべ》に干しシイタケの戻し汁を1カップとチキンスープを5カップ、それに胡麻油《ごまあぶら》を小さじ2分の1入れてよく混ぜ合わせてください』

『こんな感じですか？』

その会話に食べ物を求める女の切実な声が重なる。

「……何か食べさせて……お願い、お願いよっ……」

『そうですね。それからそこに、ぶつ切りにしたネギを入れて、さっき薄切りにしてもらったショウガを加えてください』

『はい。こんな感じでいいですか？』

『けっこうです。そうしたら、それを火にかけます』

「このままじゃ死んじゃうわ……ねえ、何か食べさせて。お願い……お願いっ……」

『強火でいいんですか？』

『ええ。でも、吹きこぼれないように注意していてくださいね』

「……もう許して……お願い……何か食べさせて……」

女は食べ物を求めて哀願を続けているが、それを無視して僕は食事を始めることにする。グラスに琥珀色《こはくいろ》の老酒を注ぎ、まだ湯気の立つ柔らかな肉を箸でふたつに分け、それを口に運ぶ。長く煮込んだ豚肉が舌の上でとろけるように崩れていく。

「……うまい」

思わず呟《つぶや》く。肉を飲み込んでから今度はグラスを手に取り、琥珀色の液体を口に含む。芳醇《ほうじゅん》な酸味が、口に残った肉の味を洗い流す。

「ああ、お願い……わたしにも食べさせて……お願い……お願い」

裸の女はベッドから下り、すぐそこの鉄格子のところに立って、剝き出しの乳房を隠そうともせず、骨張った指で鉄筋を握り締めて哀願を続けている。女の耳元で鎖のようなピアスが揺れる。

僕は顔を上げ、女の顔を冷ややかに見つめる。また老酒を一口飲む。太った海老のたっぷり入った炒飯を口に運ぶ。口の中に広がるうまさに、耳の下が痛くなる。

「お願い、食べさせて……お願いよっ……ねえ、お願い……」

女はうわ言のように繰り返している。今では立っていることさえも辛いのだろう。いつのまにか、鉄格子の下にうずくまっている。

レンゲで麻婆豆腐をすくって口に運ぶ。また老酒を飲む。ギョウザをタレに付けて齧《かじ》る。それからまた、豚の角煮を頬張る。床にうずくまった女が唾液《だえき》を飲み込む音がきこえる。ふと思いついて、キツネ色をした揚げ春巻を床に落としてみる。それがコロコロと鉄格子の近くまで転がっていく。

床に落ちた春巻を見た女が、慌てて腕を伸ばす。華奢《きやしや》なブレスレットを巻いた恐ろしく細い腕を必死で前方に伸ばし、肩や胸に傷が付くほど鉄筋に強く体を押しつける。長く伸ばされたブルーの爪が白いタイルの床を引っ掻《か》く。その必死な姿は檻《おり》の中の猿のようで、どことなく滑稽《こつけい》だ。だが――キツネ色の春巻まではあと少し、届かない。

「ああ、食べさせてっ……お願いっ……お願いよっ……」

女の声は悲鳴に近い。

「何を言ってるんです?」

グラスの老酒を飲み干し、ボトルからさらに注ぎ入れながら僕は言う。

「中華料理は太るから嫌なんでしょ?　だから、あんなに何皿も注文したのに、どれにもほとんど手をつけなかったんでしょ？　よかったじゃないですか？　たった5日間で、見違えるほど痩せましたよ」

老酒を飲みながら、僕はあの日の女の姿を思い出す。

あの日——女は横浜の高級中国料理店に男女ふたりずつの4人でやって来た。もうひとりの女もモデルだったのだろう。やはり彼女と同じように痩せて背が高く、派手な化粧と服装をし、全身に数え切れないほどのアクセサリーを纏《まと》っていた。

女はもうひとりの女と一緒にメニューを見ながら、まるで競い合うかのように次から次へと料理を注文した。

「わたしは……牛スネ肉の冷菜とフカヒレ蟹肉《かににく》入りスープ」

「それじゃわたしは……中国生麩《なまふ》の醤油《しょうゆ》煮と、この干豆腐の千切り和《あ》え……それに……車海老のチリソースにする」

「揚げ豆腐のオイスターソース煮込みも食べたい」

「わたしは芙蓉蟹玉《かにたま》と、空心菜《くうしんさい》の炒《いた》め物……それからチンゲンサイとシイタケの煮込みも注文する」

「それからユリ根と空豆の高菜炒めも食べたい。野菜の五目炒めもいいな」

「ねえ、麻婆豆腐も食べたくない？」

「食べたい。それから、水ギョウザと海老ギョウザと小龍包《シャオロンポウ》も食べ比べしてみたい」

ふたりの男たちは何も言わず、子供のようにはしゃぐ女たちの顔や腕や胸の谷間を見つめていた。

それから30分後、横浜中華街の上海路を見下ろす窓辺のテーブルには、乗りきれないほどの皿が並んだ。あんまり品数が多かったので、補助のテーブルがふたつも付け足されたほどだった。海老シューマイ、温州雲呑《うんしゆうワンタン》、巻き海老の山椒《さんしょう》かけ、カキの黒豆ソース炒め、ぜんまいのショウガ和え、蜂の巣の炒め物、鹿肉《しかにく》の野菜炒め、ナマコと海老卵の煮込み、フカヒレの姿煮、イカとセロリの炒め物、五目炒飯、海鮮湯麺《タンメン》、青菜粥《チンツァイがゆ》、胡麻餡《あん》入り黄な粉餅《もち》、ジャスミンゼリー、マンゴプリン、白芽奇蘭《ハクガキラン》、杏仁豆腐、温製胡麻餡入り白玉、胡麻ソースのかかったアイスクリーム……。

だが、女たちはテーブルに並んだ料理にどれもほんのちょっと箸《はし》を触れただけだった。自分で注文したくせに、「何これっ？　やだっ、太りそう」と言って、まったく手をつけなかった料理も何皿もあった。

そんなことを思い出しながら、僕は女を見下ろした。

痩せ衰えた肉体にモカブラウンの薄っぺらなショーツだけを身につけた女は、鉄格子の根元にうずくまり、目から涙を溢《あふ》れさせてこちらを見上げている。女の目の前には相変わらず、キツネ色をした春巻が転がっている。

「ねえ……こんなこと、もうやめて……このままじゃ死んじゃう……もう許して……何でも言うとおりにする……ここから出ても誰にも言わない……警察には絶対に通報しない……だから、お願い……ここから出して……」

かつてあれほど生意気だった女の口調は、今ではこんなにもかわいらしくなり、ふてぶてしかった態度はこんなにもしおらしくなった。

「あの日、あなたたちが食べ残した料理がここにあれば、少なくとも1カ月は食べていけましたね」

そう言いながら、僕はまた老酒《ラオチュー》を飲む。

「……許して……お願い、許して……」

「この地球には、生まれてから1度もチョコレートを口にしないで死んでいく子供たちが何十万人といるんですよ」

今度はシューマイを頬張りながら僕は言う。「生まれてから1度も肉を口にせずに死んでいく子供たちが、本当に何十万人もいるんですよ……そういうことを考えてみたことがありますか？……蜂の巣の炒め物、鹿肉の野菜炒め、ナマコと海老卵の煮込み、フカヒレの姿煮……あの時、あなたの残した料理で、いったい何人の子供たちが生き延びることができたんでしょうね……？」

「そんなこと、あんたに関係ないことじゃないっ？　あたしが注文した料理をどうしようと、あたしの勝手じゃないっ？」

「そうです……もちろん、あなたの勝手です」

老酒を飲み、カリカリに揚げられた春巻を食べる。「あなたの残した料理は、あのあと、どうなったんでしょうね？……五目炒飯、海鮮湯麵、青菜粥、胡麻餡入り黄な粉餅、ジャスミンゼリー、マンゴプリン……生ゴミとして処理されたのか……それとも、カラスがついて食べたのか……まあ、あなたには関係ないことですよね」

「ねえ、何か食べさせて。少しだけでいいの……お願い、食べさせて……お願い……お願いっ……お願いっ！」

部屋の中には相変わらず料理番組からの音声が響いている。女は鉄筋を握り締めて叫び続け、僕は鉄格子の向こうの壁に掛けられた、これから殺される雄牛を描いた絵を眺めながら食事を続ける。とろけるような肉を頰張り、肉から滲《にじ》み出すまろやかな煮汁を目を閉じて味わう。

2.

僕の自宅の1階部分は広いガレージになっていて、そこにクリームイエローの356ポルシェという古い車が停めてある。埃《ほこり》っぽいガレージにはほかにも、書籍や雑誌類、もう使わなくなったファンヒーターや電気ストーブ、キャンプ用品やバーベキューセット、ビーチパラソルやビーチチェア、サムソナイトのスーツケース、マングースのマウンテンバイク、野球のバットやテニスラケット、ぶら下がり健康機、ウォーキング・マシン、テーブルや椅子やソファなどのガラクタが雑然と並べられている。

ガレージの片隅にはさらに下に向かう数段の階段があり、その階段を降りきったところに、剝《む》き出しのコンクリートの壁に囲まれた、約6m×6mほどの地下室がある。

この家はかつて、ある無名の画家が所有し、その地下室は彼のアトリエとして使われていた。ここを購入した時に、化粧の濃い不動産屋の営業からそう聞いた。

不動産屋の営業担当はミニスカートにハイヒール姿のおしゃべりな中年女だったが、前の所有者である画家のことに話題が及ぶと、急に言葉を濁した。どうやら、そのことには触れたくないようだった。彼女のその態度がかえって、僕の興味をそそった。

僕はそれから数日かけて、インターネットや図書館の資料を頼りにこの家の以前の所有者である画家のことを調べてみた。けれど——彼についての資料はほとんど残っていなかった。画家としての彼はそれほど無名だった。それでも辛抱強く調べていくうちに、いくつかのことがわかった。

その画家はコンクリートの壁に囲まれた約6m×6mの地下室にひとりきりで閉じこもり、食肉にされるための牛や豚や鶏の絵を描いた。デッサンさえ学んだことのない彼の絵はひどく稚拙だった。有史以前の人々が洞窟《どうくつ》に描いた壁画のように見えるものもあったし、幼児が描きなぐったように見えるものもあった。

確かにヘタクソな絵だった。それでも——彼の描いた、殺されていく家畜たちの絵のいくつかの写真（彼が開いた個展のカタログにあった）は、僕の心を揺さぶった。

どうしてだろう?

それはもしかしたら——画家になる前の彼の職業と、現在の僕の職業とが、どことなく似ているせいかもしれない。

画家になる前、彼は精肉業を営んでいた。豚や牛や鶏の肉を安く大量に売りさばくことで、彼は富を得ることに成功した。

そう。彼は成功者だった。だが、それでも、おそらく彼は孤独だった。結婚したことは1度もなかったし、恋人も友人もいなかった。会社の部下たちを信頼することもなかったし、親や兄弟と親しむこともなかった。

彼が何を考えていたのかは誰にもわからない。50歳になった時、彼は突然、精肉会社を人に譲ってこの地下室に閉じこもった。そして、たったひとりで絵を描き始めた。絵筆やペインティング・ナイフの使い方さえ知らなかったが、そんなことはどうでもよかった。彼はこのコンクリートに囲まれた密室で、1日にボトル1本~1本半の割合でスコッチ・ウィスキーを飲みながら、かつて自分が解体し、自分に経済的・社会的な成功をもたらした家畜たちの絵を、狂ったようにキャンバスに刻み付けた。

人間に食われるために育てられ、解体されていった生き物たち——わずか5年のあいだに、彼の描いた絵は1000枚に達した。

そんなある日、週に1度訪れる家政婦が、地下室の床に血を流して横たわった画家の死体を発見した。現場検証を行った警察は、それを自殺だと断定した。彼は小さな果物ナイフで、自分の上腹部を突き刺したのだ。

検死にあたった医師によると、彼は腹を刺したあと少なくとも36時間、乃至《ないし》48時間以上は生きていたらしい。そうだ。おそらく彼は地下室の床の上でひとり、腹部から血を流しながら、2日も苦しんだあげくに死んだのだ。

そのあいだ、彼はいったい、何を考えていたのだろう？　自分が解体した牛や豚のことだろうか？　それとも、もっとほかのことだったのだろうか？

凄《すさ》まじい痛みがあったはずだが、彼は救急車を呼んだり、病院に行ったり、親しかった人に電話をかけたり、遺書を残したりはしなかった。家政婦が彼の死体を見つけた時、イーゼルには描きかけの絵があったと言われる。

食肉にされる家畜の絵——そんな絵を欲しがる者などいない。彼の残した１０００枚のキャンバスは遺族が惜しげもなく処分してしまい、今ではほんの数枚しか残っていない。この家は、相続税の支払いに窮した遺族が売りに出した。

僕はその後、彼の絵を入手しようと思ってあちこち当たってみたが、ついに手に入れることはできなかった。


僕がこの３１４㎡の土地と、そこに建つ延床面積１３５㎡（ガレージと地下室を含む）の2階建の家屋を購入したのは3年前の早春だった。その時、もう地下室は綺麗《きれい》に片付けられ、キャンバスや画材どころか、絵の具の匂いさえ残っていなかった。だが電気屋が、古い冷蔵庫を地下室から運び出した時、その裏に1枚の絵が立て掛けてあるのを見つけた。それは、これから解体される雄牛を描いた20号の絵だった。

僕はそれを額に入れ、地下室の壁に飾った。

そして——元精肉業者だった無名の画家がアトリエとして使ったこの地下室を、人工妊娠中絶手術の専門医である僕は、私的な処刑場に変えた。

3・

デザートの杏仁《あんにん》豆腐を食べ終えてナプキンで口の周りを拭《ぬぐ》う。鉄格子の中の飢えた女を眺めながら、グラスに残った老酒を飲み干す。

骨の浮いた体に小さな茶色のショーツだけを身に着けて、女は相変わらず鉄格子の根元にうずくまっている。女の目の前にはまだ、キツネ色をした春巻が転がっている。

「この地球には食べ物が溢《あふ》れているというわけではないんです。ごく一部の人たちがそれを独占し、満腹になっているだけなんです」

鉄格子にすがりついて涙を流す女を見下ろして僕は微笑む。

「こうしている今も、あなたのように餓死寸前の人たちが何億人もいる。その一方で大量の食べ物をゴミにし、ダイエットに励んでいる人がいる……それはフェアじゃない。違いますか？」

「狂ってる……あんたは狂ってる……」

　怒りと憎しみに満ちた目で女が僕を見上げる。「どうしてあんたにそんなことを言われなきゃならないの？　どうしてわたしだけが、こんなことをされなきゃならないの？……出してっ……ここから出してっ！……」

　女が鉄筋を握り締めて叫び、僕は女に無言で微笑みかける。

「料理を残したぐらいで、いったいそれがどんな罪になるっていうのよっ？　警察に行っても裁判所に行ってもいいわよ」

　その通り。外の世界では彼女のしたことは何の罪にも問われない。だが、ここでは別だ。

　微笑みながら僕はコールマンのクーラーボックスを開き、中からタッパーに入れた麻婆《マーボ》豆腐を取り出す。

「さて……これはあなたのための麻婆豆腐です」

　僕の言葉に女の顔色が変わる。「あの時、あなたは麻婆豆腐をほんの一口すすっただけでしたが、今夜はどうします？　食べますか？　それとも、太るからやめておきますか？」

「ああ、食べさせて……お願い……」

　呻《うめ》くように言いながら、女は血管が浮き出した腕を鉄格子のあいだから伸ばす。

「もちろん、食べさせてあげますよ。そのために持って来たんですからね」

そう笑って僕は、ポケットから小ビンを取り出す。ビンのキャップを開き、中の液体を麻婆豆腐にまんべんなく振りかけ、レンゲで丁寧に掻《か》き混ぜる。

「今……何を入れたの?……」

口の中の唾液《だえき》を飲み込んで女がきく。

「これですか? これは、ストリキニーネという猛毒です。肉にほんの少し混ぜて食べさせるだけで、体重200kgのベンガルトラを15分で殺すことができます……さあ、どうぞ。食べてください」

僕は麻婆豆腐のタッパーを鉄格子の中に入れる。

女は床の上で湯気を立てる麻婆豆腐と、僕の顔を交互に見つめる。またコクリと喉《のど》を鳴らし、口の中に広がる唾液を飲み込む。

「……嘘でしょ?……本当に毒を入れたの?……ねえ、嘘でしょ?」

すがるように僕を見上げて女が言う。

「食べてみればわかることですよ」

僕は優しく微笑みかける。「それを食べて死ぬのも、食べないで死ぬのもあなたしだいです。まあ、焦ることはありません。それはここに置いて行きますから、どうするか、じっくり考えてください」

僕はクーラーボックスに食器を入れて立ち上がる。鉄格子の前にはまだ、キツネ色の春巻が転がっている。

「ちょっと待ってっ！……お願い、待ってっ！」

女の泣き叫ぶ声を背後にききながら鉄の扉に向かう。もう振り返らない。

「待ってっ！……置いて行かないでっ……出してっ！　ここから出してっ！」

分厚い扉を手前にゆっくりと開く。

4．

——午前6時。

ベランダの手摺《てす》りを歩くポルカの足音に目を覚ます。

わずかに開いた窓からの風が、木綿のカーテンを揺らしている。どうやら雨が降っているようだ。春の雨が、乾いたコンクリートに吸い込まれていく匂いがする。

サイドボードに置いたリモコンを操作してアンプのスイッチを入れる。ヴォリュームを絞ったスピーカーからモーツァルトの交響曲第36番が流れ出す。ヴァイオリンの旋律を楽しみながらベッドを出て、カーテンを開き、窓の外を眺める。

案の定、ベランダの手摺りにポルカが来ている。カーテンを開けた僕に気づいて、アルミニウムの手摺りをピョンピョンと跳ねるようにしてこちらに近づいて来る。

ポルカは雌のハシボソガラスだ。初めてこのベランダに来た時、ちょうどポルカをきいていたので、そう名付けた。秋の終わりから春の初めまでの数カ月、ポルカはほとんど毎朝、このベランダにやって来ては餌をねだる。今朝みたいにポルカが手摺りを歩く音で目を覚ますこともあるし、カー、カーという鳴き声で目覚めることもある。僕がいつまでもベランダに出て行かないと、じれったそうにカーテンの隙間からのぞき込んでくる。

ドッグフードの袋を抱え、パジャマのまま濡《ぬ》れたベランダに出る。静かに雨が降っている。春の細かい雨が、湘南《しょうなん》の街をしっとりと湿らせている。

手摺りに固形のドッグフードを一列に並べ、ポルカに「おはよう」と声をかけてから室内に戻る。ポルカは僕が室内に引っ込み、窓を閉めたのを確認してからドッグフードを啄《ついば》み始める。どんなに仲良くなっても、僕がポルカの1m以内に近づくことはできない。僕たちはそういう関係なのだ。

ベッドの縁に腰掛けて、餌を啄むポルカの濡れた体を眺めながら、いつものようにジョギングに行くかどうか考える。雨が降っているが、たいしたことはない。しばらく迷い、それから意を決して、海岸までジョギングすることにして立ち上がる。

霧のような雨が降り続いている。

朝のジョギングから戻った僕は素早くシャワーを浴び、それから窓辺のテーブルで朝食をとる。卵を3つも使って作ったベーコンエッグ。ツナとキャベツのサラダにはニンニクを入れたいところだが、出勤前なので、そうはいかない。クルトンの浮いたコーンポタ一ジュスープ。バターを塗ったトースト。ミルクをかけたレーズン入りのシリアル。サイフォンで入れたキリマンジャロと、トマトジュース。

カリカリに炒《いた》めた香ばしいベーコンをトマトジュースで飲み下しながら、雨に煙る窓の外を眺める。地下室にいる女のことを考える。だが、女の様子を見に地下室に行っている時間はない。

女はあとどれくらい生きていられるのだろう?


2階の居住空間から1階のガレージに降りる。ガレージの電動シャッターを開けて、大きく息を吸い込む。湿った空気が喉を心地よくくすぐる。霧のような細かい雨がガレージの中にふわりと舞い込み、356ポルシェのクリームイエローのボディにびっしりと付着する。

ガレージを出てシャッターを閉める。大きなグレイの傘を広げ、春の雨に濡れた庭を見まわしてから門を出る。曲がりくねった狭い路地を歩きながら、空を見上げる。

空を被《おお》った雲は透き通りそうに薄い。その薄い雲を通して、何本かの光の筋が朝の湘南の街をスポットライトのように照らしている。雨はまもなくやむだろう。

春や秋のよく晴れた日には車で通勤することもあるが、たいていの朝、僕はこうして徒歩で病院に向かう。どれほどのんびり歩いても、勤務先の病院までは10分とはかからない。

それに今は桜の季節だ。満開の桜を見ないで通勤するわけにはいかない。

駅に通じる大通りでは、満開になった桜の街路樹が両側から道に覆いかぶさるようにして枝を広げている。まるで花のトンネルだ。少し遠回りになってしまうが、そこを歩くことにする。

靴底に吸いつくようなアスファルトの感触を楽しみながら、ゆっくりと足を運ぶ。後から後から、雪のように舞い落ちる花びらが、濡れた歩道にびっしりと貼りついて薄桃色の絨毯《じゅうたん》のように見える。

病院のすぐ前の交差点で信号待ちをしている時、制服姿の5〜6人の女子高生の一群が僕の背後を通り過ぎていった。純白の薄いブラウス。歩いているだけで下着が見えるほど短いスカート。そこから伸びたストッキングを穿《は》いていない脚と、足首を包む白いルーズソックス。

この国では現在、4度の妊娠につき1度の人工妊娠中絶手術が行われている。だとしたら――彼女たちのうちの何人かは将来、妊娠中絶の経験をするのだろうか？　あるいは、すでにそれを経験した子もいるのだろうか？

信号が青に変わるまでずっと、僕は彼女たちの後ろ姿を眺めていた。

5.

その昔、アメリカの先住民であるアラパホー族では、流産した赤ん坊は死者の国から戻って来て母親に危害を加えたり、母親を殺すものとして恐れられたという。

またかつて、インドシナ半島東南部山岳地帯に住んだラデ族では、流産した子の霊が宇宙の支配者に、この世に不幸をもたらすよう頼み込むと信じられていたという。

6.

スピーカーから流れていたパッヘルベルのカノンが、バッハのG線上のアリアに替わった。夜勤の看護婦の誰かが有線放送のチャンネルを切り替えたのだろう。今朝は交響曲を聞きたい気分だったが、しかたがない。

「古河《ふるかわ》先生、おはようございます」

薄いピンクの白衣を着た小山美紗《こやまみさ》がポットを持って入って来る。

「おはよう、小山さん」

僕は小柄な小山美紗に優しく微笑み、ポットを受け取る。

「ありがとう……でも、お湯なんて自分で汲《く》みに行くから、わざわざしなくていいよ。みんな忙しいんだから」

「ええ。でも、ついでだったから」

小山美紗はそう言って僕に微笑み返し、いくつかの書類を窓辺のデスクに置く。

「うわあっ！……満開ですね」

窓の外を見た小山美紗が言う。窓のすぐ外にも古いソメイヨシノがあり、満開になった枝先をこの事務室のすぐ前に伸ばしている。桜の花は看護婦たちの白衣よりさらに薄いピンク色だ。雨に濡れた花の中で、何羽かのヒヨドリが飛びまわっている。

「こんな桜を見ながら仕事ができて、古河先生ばっかり、ずるいな……でも、みんなが嫌がる仕事を押しつけられてるんだから、このくらいのご褒美は当然ですよね」

「そうかな？」

「そうですよ。院長に言って、もっと待遇をよくしてもらったほうがいいですよ」

小山美紗はそう言って笑いながら、僕の事務室を出て行く。彼女の小さな背中を見送ってから、僕はインスタントのコーヒーを作る。

安っぽい味のコーヒーをすすりながら、デスクに置かれた書類に目を通す。9時には人工妊娠中絶手術が1件控えている。そのあと、10時と10時半には、中絶を希望することになるはずの患者の診察が入っている。それが済んだら今度は、入院患者たちの巡回に行かなければならない。

この部屋はピンク色のカーテンでふたつに仕切られていて、廊下側が診察室を兼ねた手術室に、そして、この窓側が僕個人の事務室になっている。この窓辺には自然光が差し込んで明るいが、廊下側の診察室を兼ねた手術室のほうには窓がないので、外の光が届かない。その代わり、そっち側にはアマゾン川産の熱帯魚を集めた幅１８０㎝の水槽があって、青白い光を部屋の中に投げかけている。

　有線放送から流れていたG線上のアリアが、トッカータとフーガに替わった。聞いたことのないタッチだが、誰の指揮なのだろう？

　手にした書類をデスクに戻し、窓の外の桜の花を眺める。腕を伸ばして、窓ガラスを少しだけ開ける。雨の匂いのする風が流れ込んで来る。微《かす》かに花の香りもする。安っぽい味のするコーヒーを飲む。また桜の花を眺める。


　僕が勤務する『湘南マタニティ・クリニック』は、この辺りではそれなりに大きな産婦人科病院のひとつであり、新聞や女性向けの雑誌などにたくさんの広告を出している。ここには築18年の本館と築3年の新館があり、僕は3年前の新館完成時にその責任者に任命された。それを大抜擢《だいばってき》だと言う人もいたが、もちろん、そうではない。それはただ、ほかの医師たちが新館勤務を断固として拒否し、僕がそうしなかった、というだけのことに過ぎない。

　新館に勤務するのは誰にとってもいいものではない。看護婦の離職率は本館に比べると格段に高く、新館に勤務する看護婦のほぼ全員が本館への異動を切望している。

　緑の芝生に囲まれた2階建の新館はこぢんまりとはしているが、白く美しい洋館で、とても病院には見えない。看板がなければたぶん、ペンションかプチホテル、あるいはちょっと凝った造りのラブホテルのようにも見える。

新館の内部は薄いピンク色に統一されていて、とても落ち着いた雰囲気になっている。ロビーや廊下には鉢植えの観葉植物が緑の葉を美しく光らせ、抑えた音量で有線放送の音楽が流れている。

ロビーにはホテルのようなカウンターがあるが、そこには受付嬢はいなくて、訪問者はカウンターの上に置かれた電話で来院を告げる。すると電話に応対した看護婦が「廊下を曲がってすぐ右側の1番の待合室でお待ちください」とか、「突き当たりの4番でお待ちください」などと来院者に伝える。

4つある待合室は狭いながらもすべて個室になっていて、来院した患者はそこで検温をし、必要書類に記入を済ませ、その書類を壁にあるポストに入れる。必要な場合には採尿をしてもらうこともある。ポストに入れられた書類は看護婦が外側から取り出し、診察室にいる僕のところに届けることになっている。待合室にはインターフォンがあり、自分の順番になると「診察室にお越しください」という連絡が入る。だから来院者は他の来院者や看護婦にいっさい会わずに、医師である僕に会うことができる。

新館には入院設備があり、そこには手術を翌日に控えた患者と、手術後すぐに退院することができない患者とが入院する。それぞれの病室は狭いながら、すべて個室になっていて患者のプライバシーに配慮した設計が施されている。

――それではなぜ、こんなに清潔で、こんなに洒落《しゃれ》た作りの新館に勤務するのを、医師や看護婦が嫌悪するのか？

答えは簡単だ。

それはこの新館が、人工妊娠中絶手術専門の施設だからだ。

本館に勤務する医師や看護婦の何人かは、陰でこの新館を『堕胎の館《やかた》』と呼び、僕のことを『殺し屋』とか『キラー』とか呼んでいるらしい。まあ、何と言われようがかまわない。彼らが言うのは間違いではない。人工妊娠中絶は法的に認められた殺人であり、僕は法的に認められた大量殺人者なのだ。

こんな中絶手術の専門病棟を持つ産婦人科病院はとても珍しいが、こうしたプライバシーに配慮したシステムが、当医院の人気を支えているのは確かだろう。料金は決して安くはないはずなのに、神奈川県内ばかりではなく、都内や千葉県、埼玉県や静岡県などからも中絶希望者が訪れる。

遠くから患者が来るのは、知っている人の誰もいないところでひっそりと手術を受けたいという気持ちが患者にあるからなのだろう。

そうだ。昔も今も中絶は、暗がりで、誰にも知られずにこっそりと行われるものなのだ。

7.

満開のソメイヨシノが見える窓辺のデスクに座り、僕宛の郵便をメイルオープナーを使って次々と開封していく。ダイレクトメールの類《たぐ》いがほとんどだが、中に2通だけ、差出人名のない封書が混じっている。

誰だろう、とは思わない。おおよそのことは察しがつく。

差出人名のない1通目の封書を開ける。薄っぺらな紙が1枚入っていて、そこにわざわざ太い筆と墨汁を使って『人殺し！　地獄に落ちろ！』と書き殴ってある。まるで前衛的な書のようだ。そのまま封筒と一緒に足元のゴミ箱に入れる。

2通目を開く。今度はパソコンで打たれたらしい文字が並んでいる。

『……あなたはいったい、どういう気分で日々のお仕事をなさっているのですか？　奥様やお子様に自分のお仕事をどう説明なさっているのですか？……。

……母親の胎内で育っているのは生きた人間なのです。法律がどうあろうと、間違いなく人間なのです。あなたは、その人間の生命を破壊しているのです。それを殺人と呼ばず、何と呼ぶのでしょう？……。

……あなたは母親に抱かれた1歳の女の子を殺しますか？　通学する15歳の少女を殺しますか？　同僚の30歳の男の人を殺しますか？　もちろん、そんなことはしませんよね？だったらなぜ、妊娠3カ月の小さくて弱い命を殺すのですか？……。

……あなたは胎児の血を飲み、肉を食べて生きる悪魔なのです……』

最後まで読む必要はない。さっきの封書と同じように、足元のゴミ箱に入れる。

産婦人科医になったのは中絶手術を専門にするためではなかった。けれど、結果として、僕は中絶手術のスペシャリストになってしまった。もちろん、新館の責任者にならないかと院長から打診された時に、ほかの医師たちのように断固として断ることもできたはずだ。

「お断りします。僕にはできません」

そう言うこともできたはずだ。

だが、僕はそれをせず、胎児の大量殺戮《さつりく》に加担することになった。

この3年間に僕がこの手で中絶した胎児の数は1087体に及ぶ（その中には誰もが知っている有名女優が身ごもっていた胎児もいたし、人気アイドル・タレントが身ごもっていた胎児もいた。父親が大物俳優だという胎児や有名スポーツ選手だという胎児もいた）。16世紀のフランスの第一次ブルボン王朝の時代だったら、僕は1087回死刑にされているところだ。

だが、今はもちろん、第一次ブルボン王朝時代ではない。きょうも9時には、1088回目の人工妊娠中絶手術が控えている。

8.

――午前9時。

有線放送のヘンデルの組曲をききながら、手術室を兼ねた診察室で熱帯魚の水槽を眺めている。水草が生い茂るアマゾン川流域の沼地をイメージした水槽の中を、宝石のように美しい魚たちが舞うように泳いでいる。グッピー、ネオンテトラ、カージナルテトラ、ブラックテトラ、レモンテトラ……エンゼルフィッシュ、グラスキャット、サーペ、ディスカス、コリドラス……。

ノックの音がし、僕は薄いピンク色のドアに向かって「お入りください」と言う。看護婦の小山美紗に付き添われて、入院患者用の白衣をまとった小柄な少女が姿を現す。緊張のため、かわいらしい顔が堅く強《こわ》ばっている。

少女は16歳、未婚。数日前、母親に付き添われて初めて来院した。彼女の話によれば、胎児の父親は高校の同級生で、彼とは1カ月前に別れたという。少女の父親は娘の妊娠を知らないらしい。

「それでは、始めましょうか？」

僕は優しく微笑む。「そんなに緊張しなくても大丈夫ですよ」

僕を見つめ返し、少女が無言で頷《うなず》く。

冷たく光る頸管《けいかん》拡張機が鮮やかなピンク色の膣口《ちっこう》を押し開いた瞬間、少女の小さな腰がわずかに浮き上がった。明るすぎるほどの光の中に、ピンク色の膣内と小豆《あずき》色をした肛門《こうもん》があらわになる。腿《もも》の内側の筋肉が堅く張り詰め、痙攣《けいれん》するかのように震える。

内部に充分に光が届くように、さらに膣口を押し開く。僕の顔の両脇に掲げられた少女の足の指——オレンジのペディキュアが光る指先が、何かを摑《つか》もうとでもするかのようにギュッと閉じられる。少年のような腰がさらに浮き上がり、照明に照らされた淡い陰毛が光り、肛門がヒクヒクと動く。

僕はキュレットという、スプーンのような形をした金属製の医療器具を手に取る。胎児を母体と決別させるため、その先端を少女の膣口に差し込む。

ステンレス製のトレイに、たった今、僕が母体から掻《か》き出した胎児が乗っている。胎児は長さ8㎝。重さ20g。胎盤に囲まれた羊膜腔《こう》の中に太い臍帯《さいたい》を付けたまま、医療トレイの上で濡《ぬ》れて光っている。

胎児？　いや、それは、とても人間の赤ん坊には見えない。どう見ても、ただの肉の塊にすぎない。

だが——それは間違いなく人間なのだ。いや……法律上はまだ人間ではないが、これから人間になるはずだった生命体なのだ。

外見からはまだ性別はわからない。けれど、大豆粒のような形と大きさをした手足が確認でき、ずんぐりとした頭部には真っ黒な目があるのもわかる。頸部はまだくびれておらず、まるで海藻のあいだを漂うタツノオトシゴのような形をしている。爬虫類《はちゅうるい》か両生類の幼生体のようにも見えるし、腐葉土の下から掘り出されたずんぐりとした甲虫《こうちゅう》の幼虫のようにも見える。

僕は発生から11週が過ぎた胎児をしばらく見つめたあとで、看護婦の小山美紗にトレイを無言で手渡した。

9.

紀元前1800年のハンムラビ法典では、妊婦を殴って殺した者には、妊婦の被害状況によって厳格に罰金を科したようだ。もしも妊婦が死に、それが社会的な地位の高い女性だった時には、罰を受けるべき者の娘が処刑されたという。

紀元前1500年のアッシリアの法典では、女性が故意に自らの胎児を堕胎した時、その女性は串刺《くし》しの刑に処され、埋葬もされなかったという。

10.

——午後2時。

ヨハン・シュトラウスの聞こえる診察室で、若い患者と向き合っている。

女は20歳。色白で、ふくよかな体つきをしていて、化粧気がない頬にはソバカスが目立つ。提出された書類によれば、彼女は山形県出身の学生で、横浜市内のアパートに同じ大学に通う恋人と暮らしている。飾り気のない白いブラウスに膝《ひざ》丈のスカート。ストッキングは穿《は》かず、木綿のソックスにスニーカーを履いている。マニキュアはしていなくて、髪も染めたり脱色したりしていない。アクセサリーも左薬指のシンプルな指輪だけで、今どきの若者にしては随分と地味な印象だ。

「どうなさいました？」

穏やかな口調で僕はきく。

「あの……もう2ヵ月も生理がなくて……」

女の白い顔がわずかに紅潮する。「……それで……あの……妊娠検査薬を使ってみたら……陽性だったんで……それで……」

僕は患者の目を見つめて、優しく頷いてみせる。

「……それで……彼に相談したら……何だか堕《お》ろしてもらいたいみたいな口ぶりで……それで……あの……」

「そうですか？　基礎体温は計っていますか？」

「あっ……すみません……計ってません」

「つわりの症状みたいなものはありますか？」

「……つわりかどうか、よくわからないんですけど……あの……吐き気はあります」

「便秘がちになったとか、トイレが近くなったとか、そういうことは?」

「言われてみれば……そんな気もします……」

「そうですか? ちょっと胸を見せてもらえますか?」

「あっ、はい……」

女は柔らかそうな指でためらいがちにブラウスのボタンを外す。淡いベージュのブラジャーに包まれた豊かな胸があらわになる。

「あの……ブラも……外したほうがいいんですよね?」

僕が頷き、女は背中に腕をまわし、ブラジャーのホックを外す。飾り気のないブラジャーをそっと持ち上げると、水着の跡のない白い乳房が剝《む》き出しになった。

僕は手を伸ばし、女の乳房にそっと触れる。女が微《かす》かに上半身を引く。指先で乳房全体を軽く揉《も》みほぐす。わずかに張りが感じられる。今度は乳首をつまんでみる。乳首も黒ずみ始めているようだが、個人差があるのではっきりとしたことはわからない。

「あの……どうでしょう?」

女の不安げな声がする。

「やはり妊娠しているようですね。ちょっと、検査してみましょう。最後に生理があったのはいつだったか、正確な日にちがわかりますか?」

「……はい。わかると思います」

女はブラウスの前を慌ただしく合わせ、地味なバッグから取り出した手帳をめくり、最後の生理が始まった日を言う。

「そうですか。わかりました。それじゃ、ちょっと下着を脱いで、あちらの台に横になってみてください」

女の顔が緊張に強ばる。

僕はそんな女に、できるだけ優しく微笑みかける。

「大丈夫ですよ。痛くはありませんからね」


検査の結果はやはり陽性だった。

「妊娠3カ月、10週です」

僕がそう告げると、顔を紅潮させた女は、「そうですか?」とだけ言って俯《うつむ》いた。

「さて……どうしましょう?」

僕はきく。しかし、本当はきく必要などないのかもしれない。この新館は人工妊娠中絶手術の専門病棟なのだから――。

女はしばらく黙っている。それから顔を上げて、「手術をお願いします」と小声で言う。

僕は自分の顎《あご》に手をやって沈黙する。女から視線を逸《そ》らし、壁際に設置された180cmの水槽を眺める。

――わかりました、それでは手術をしましょう。

そう言うのは簡単だ。それがいちばん手っ取り早いし、病院の利益にもなる。だが、僕がそう言ったその瞬間、確実に1個の生命体が生まれることなく消えていくことになる。たとえば……僕の弟か妹になるはずだった子供たちのように。

女は俯いたまま黙っている。静かな診察室に水槽の水を循環させるポンプの音と、有線放送から流れるワルツが低く響いている。

1分ほどの沈黙のあとで僕は口を開く。

「余計なことかもしれませんが……あなたが、赤ちゃんを産めない理由は何ですか?」

女が顔を上げ、少し驚いたような表情で僕を見る。

「……あの……理由……ですか?」

「そうです。あなたが赤ちゃんを産めない理由です」

僕はあえて、《赤ちゃん》という言葉を繰り返す。

「……ですから……あの……わたしも彼もまだ学生で……経済的にちょっと……」

「なるほど。それはわかります。ですが、ご両親の協力は得られませんか? 実家のご両親や、彼のご両親に相談してみたらいかがですか?」

女はまたしばらく沈黙する。それから言い訳するように言う。

「……あの……わたしの両親には彼と暮らしてることは話してないし……あの……父も母も、そういうことにはすごく厳しい人たちで……それに……彼の両親とは会ったことがなくて……」

言いながら女は顔を伏せてしまう。

「そうですか？　ところで、あなたは赤ちゃんを産みたくないのですか？」

僕はさらに、《赤ちゃん》という言葉を繰り返す。

俯いてしまった女が顔を上げ、再び驚いたような表情で僕を見る。

「わたし……ですか？」

女は潤んだ目でしばらく僕の顔を見つめている。

僕は優しく微笑む。

「……あの……わたしは……あの……できることなら、産みたいと思っています」

女はそう言い、その瞬間、ついに涙が溢《あふ》れ出す。

「あなたは産みたい？」

僕が繰り返し、女はバッグから取り出したハンカチで涙を拭《ぬぐ》いながら頷《うなず》く。

「……だってわたしと彼の赤ちゃんだし……わたしは彼のことが好きで、いつかは結婚したいと思ってるし……でも……」

「そうですか。それじゃあ、産む方法を考えてみませんか？」

僕は女にまた優しく微笑みかける。

「彼氏とはよく話し合いましたか？……妊娠はふたりの責任です。話し合いで前向きな結論が引き出せる可能性もあります。ひとりだけで思い悩まないで、彼氏ともう1度よく相談してみたらいいんじゃないでしょうか？」

女の反応を見ながら、僕は言葉を選んで静かに話しかける。

「僕は中絶手術をしたくないと言ってるんじゃありません。それが、僕の仕事ですからね……だけど、簡単にはしたくないんです」

女がすがるように僕を見る。

「もう1度、よく彼氏と話し合ってみるべきだと思います」

「はい……そうします」

僕は女を見つめて、また微笑む。

「その時、彼にははっきりと、あなたの気持ちを伝えるべきです。できますか？」

「はい。できます……そうします」

女の目からはボロボロと大粒の涙が溢れ続けている。

「おせっかいかもしれませんが、僕はあなたの気持ちが大切だと思います」

僕はできるだけ丁寧な口調で言う。「自分は産みたいのに周りに説得されて中絶すると、悲しみが心の傷になって、いつまでも尾を引く可能性があります」

「……あの……先生は、中絶しないほうがいいと思ってるんですか？」

女が僕の目を見つめてきく。

「僕にはそういうことを言う権利はありません。でも、いろいろな後遺症が出る場合もあるんで、中絶は積極的にすすめられるものではないんですよ」

「後遺症……ですか？」

「そうです。中絶が原因で流産しやすくなったり、不妊症になる可能性もあります。子宮外妊娠や月経異常をきたす可能性もあります。それにやはり、いちばん問題なのは心の傷です。心に負った傷が治るにはとても長い時間がかかるものですからね」

女は溢れ続ける涙をハンカチで拭いながら僕の話を聞いている。

「これは僕からの提案なんですが、とりあえず、きょうのところは帰宅したらいかがですか？　家で2～3日落ち着いて考えて、彼氏ともよく話し合って、できればそれぞれのご両親とも話し合って……それでもやっぱり中絶したいと決心したら、もう1度いらしてくださいい……どうでしょう？」

「……そうですね……そうします……もう1度、よく考えてみます」

女は泣きながら何度も頷く。

「……こんなに親身になってくださって……ありがとうございます」

そう言って深く頭を下げる。

僕はまた優しく微笑む。


診察室を出て行く20歳の女子学生の後ろ姿を眺める。

僕が彼女に言ったのは、医師としては出過ぎた言葉だったかもしれない。この病院の経営者でもある院長にきかれたら、何と言われるかわからない。だが――もしかしたら、これでひとりの人間がこの世に生を受けることができるかもしれないのだ。

診察室に戻って来た小山美紗が、嬉《うれ》しそうに僕に微笑みかける。たぶんドアの向こうで僕たちの会話をきいていたのだろう。

カーテンを開けて診察室を出る。

いつのまにか、雨はやんでいる。窓際のデスクに座って窓の外の桜を眺める。

11

――午後5時。

きょうは特別な仕事も残っていないので、定時で帰宅することに決め、準夜勤の看護婦たちのひとりひとりにさよならを言う。私服に着替え、今まさに診察室を出ようとした時、僕に電話が入る。

「古河先生。院長からですよ……どうします？」

鈴木詩織《すずきしおり》という若い看護婦が院長からの電話を保留にし、かわいらしい顔に苦笑いを浮かべてきく。

この病院の経営者でもある院長は、僕より23歳上の53歳で、誰にでも公平で話もわかる女性なのだが、口調が厳しくて、ちょっとヒステリックなところもあるので、医師や看護婦はみんな彼女を敬遠している。

僕は大袈裟《おおげさ》に顔をしかめ、鈴木詩織に、「悪いんだけど、たった今、帰ったって言ってもらえる?」と頼む。

鈴木詩織はしたり顔で頷いてから受話器を取り、「お待たせしました……あの、古河先生なんですけど……つい先ほどまでいらしたんですけど、たった今お帰りになられたみたいです」と言う。大きな目で僕に向かってウインクをする。

僕は鈴木詩織に両手を合わせてお礼を言ってから、事務室を出る。

病院を出ると、もう車道のアスファルトはすっかり乾き、海からの風が街を気持ちよく吹き抜けていた。

まっすぐ自宅には向かわず、傘の先で歩道の敷石をつつきながら、マクドナルドのカップを手にした女子高生の一群や、夕食の買い物をする主婦たちや、帰宅するOLやサラリーマンのあいだを縫って、昔ながらの商店街の一軒一軒をゆっくりと見て歩く。行きつけの八百屋の店先に、真っ赤に熟したトマトが積んであったのでそれを買う。トマトの表面はまるで磨いたかのように夕方の空を映している。

5日連続で中華料理ばかりだと、さすがに飽きる。今夜はこれでトマト味のスパゲティでも作ろう。

八百屋の隣の行きつけの酒屋で白ワインと赤ワインを1本ずつ買い、それから、少し歩いた左側にある、やはり行きつけの食料品店で細いスパゲティと、どぎついラベルのアンチョビの缶詰を買う。最後に、これも行きつけの花屋でヒマワリを40本買い、ちょうど通りかかったタクシーを停めた。

タクシーのルーフには、桜の花びらが何枚か貼りついていた。

自宅まではほんのワンメーターだったけれど、タクシーの若い運転手は少しも嫌な顔はせずに、「綺麗《きれい》なヒマワリですね」と笑った。

自宅の門のところでタクシーから降りる時、運転手が、「さっきまで虹《にじ》が出ていたんですよ。見ましたか？」ときいた。

「いや、気がつかなかったよ」

僕はそう答えてから、随分と残念なことをしたと思った。

運転手がお釣りを渡そうとしたので、僕は無言で首を振って自宅に入った。

1階のガレージに停めたポルシェの脇の階段を使って2階の居住空間に上がる（この家はガレージを通らなければ2階に上がれない作りになっている）。2階にはちょうど、仕事を終えて帰る家政婦の芝草《しばくさ》さんがいた。逞《たくま》しい腕に大きなゴミ袋を抱えた芝草さんは、

2階に上がって来た僕を見上げて、「あら先生、おかえりなさい」と笑った。

「ただいま、芝草さん……いつも、ありがとうございます」

「すごい数のヒマワリですね。今の季節じゃ、随分と高いんでしょ？」

「それが、それほどでもなかったんだよ」

芝草さんはここから自転車で20分ほどのところにご主人とふたりで暮らしている。孫が3人いて、犬を2匹飼っている。ここには週に1日か2日来てもらって、掃除と洗濯と買い物をしてもらっている。時には食事の用意をしてもらうこともあるし、夏場には花壇に水を撒《ま》いてもらったりもする。だが、もちろん、芝草さんが地下室に入ることは絶対にない。

「そのヒマワリ、生けましょうか？」

「自分で生けるからいいよ。あっ、そうだ、芝草さん、これ少しもってかない？」

「いいんですか？」

「いいよ。3本買ったら1本おまけって言われて、ついついこんなに買っちゃったんだから」

僕は束になったヒマワリを10本ばかり抜いて、それを芝草さんに渡した。

「綺麗ですね」

「うん、綺麗だね」

芝草さんはヒマワリの花束とゴミの袋を抱えて、「それじゃあ、また来週」と言って1

階のガレージに降りていった。

白い陶器の大きな花瓶に30本のヒマワリを生ける。

キッチンのテーブルに置いてみたけれど、あまりよくないので、板張りの床に直《じか》に置いた。

それから僕は、しばらくその隣にしゃがんで季節外れのヒマワリを眺めていた。

大きな琺瑯《ほうろう》の鍋《なべ》でトマトソースを煮込みながら、窓の外を見つめている。まもなく6時になるが、雨上がりの空はまだ充分に明るい。夕日に照らされた海は金色の帯のようだ。小さな漁船が、長い航跡を曳《ひ》いて平塚《ひらつか》港に戻っていく。

部屋にはトマトの煮える匂いが充満している。テーブルに食器を出しながら、床の花瓶で咲く30本のヒマワリを眺める。冷蔵庫からステーキ用の肉を2枚出して、塩と胡椒《こしょう》をまぶす。サラダ用に買ったチコリとラディッシュを洗う。柔らかなモッツァレラチーズを鋭利なナイフで薄くスライスしながら、地下室の女のことを考える。

12・

赤ワインのビンを抱え、重いクーラーボックスを提げて、地下室の扉を開ける。暖められた空気がふわっと溢《あふ》れ出す。ケーブルテレビの料理番組の音が聞こえる。

約6m×6mの地下室の奥、鉄格子の向こう側のベッドの上には、裸の女が横たわり、まるで絶食を続けるインドの修行僧のように骨の浮き出た背中をこちらに向けている。

死んでいるかと思ったが、まだ生きているようだ。昨夜、僕が置いていった麻婆《マーボ》豆腐にはまったく手がつけられていない。どうやら女は、僕が毒を入れたという嘘を信じ込んでいるらしい。

密室に僕の足音が響く。瞬間、怯《おび》えやすい草食獣のように、女はビクッと体を起こした。僕の姿を認め、今では骸骨《がいこつ》のようになってしまった体を喘《あえ》がせて何か言った。

だが、その言葉は僕には聞き取れなかった。

「何か、言いましたか？」

鉄格子に近づき、優しくきいてみる。

「……もう死にそうなの……本当に死にそうなの……お願い……ここから出して……お願い……お願い……」

もう声を出すのも辛いのだろう。女はベッドから降りようともせず、まるで呟《つぶや》くかのようにそう言った。言い終わると、またぐったりとベッドに体を横たえた。

モデルだった彼女はもともと痩《や》せていて、皮膚の下に脂肪として蓄積されたエネルギーが極端に少ない。このままだと、あと1日か2日のうちに本当に死んでしまうだろう。まるでガス欠になった車のエンジンが停止するように、呼吸を停止させ、心臓の鼓動を停止させるだろう。

女が死ぬのは、いつでもかまわない。だが、もし、できることなら、女が死ぬ、その瞬間を見ていたい。

いつものように食事を始めることにする。今夜は中華ではない。トマトソースのスパゲティと、ニンニクの効いた分厚いサーロイン・ステーキ。クルトンの浮いたオニオンスープ。それにモッツァレラチーズのスライスが乗った、レタスとラディッシュとツナのサラダだ。食後のデザートに小さく切ったフルーツとヨーグルトまで付いている。

餓死寸前の女を眺めながら、血のような色をしたワインをグラスに注ぐ。それを口に含み、舌の上でしばらく転がしてから静かに飲み干す。喉《のど》を滑り落ちていくブルゴーニュ・ワインの芳醇《ほうじゅん》な香りを楽しむ。

「……ねえ……もう、こんなことやめて……お願い……許して……」

女の声を聞きながらパスタを食べ、ワインを飲み、肉を頬張り、ワインを飲む。時折、女に話しかけてみる。

「食べ物がすぐそばにあるのに、食べることができないっていうのは辛いでしょ？　辛くて辛くて気が狂いそうになるでしょ？……だけど、世界のどこかでは、今もたくさんの子供たちがそうしているんですよ。レストランの窓の外から、人々が飲み食いするのを指をくわえて見つめているんですよ」

スープをすすり、サラダを食べ、またワインを飲む。鉄格子の中の女はベッドの上から、物欲しそうにこちらを見つめている。

「今、この地球に生きる60億の人たちの6割が明日の食べ物の心配をしている……6000万もの人々が、主に栄養失調を原因とした疾病のために死にかかっている……そういうことを、たったの1度でも考えてみたことがありますか？」

そう言いながら僕はコンクリートの壁に掛けられた、これから殺される雄牛を描いた絵を見上げる。口の中の食べ物を嚙《か》み砕き、酸味の強いワインで飲み下す。そして、この女はいったいあとどのくらい生きていられるのだろう、と考える。


食事を終えて地下室を出る前に、鉄格子の中に偽のストリキニーネ入りのオニオンスープと、偽のストリキニーネ入りのパスタの皿、それに偽のストリキニーネ入りのステーキの皿を置いておく。

「それを食べたほうが楽に死ねますよ」

そう女には言っておく。

「ねえ……教えて……」

ベッドに骨の浮き出た体を起こして女がきく。美しい髪がツヤツヤときらめきながら細い腕に絡まる。

「……どうして、わたしだけがこんな目にあわされなきゃならないの？……もっとひどいことをしてる人がたくさんいるじゃない？……それなのに、よりによって、どうしてわたしなの？」

ナイロンサテンの小さなショーツだけを身につけてベッドに横たわる女を、僕は冷たく見つめる。そして、「諦めてください」と言う。

「あなたは運が悪かったんです」

そう。すべては運なのだ。同じように生命を得たにもかかわらず、出産される子と中絶される子がいるように。すべては運なのだ。

「諦めてください」

もう1度そう言って、女に背を向け、地下室の出口に向かう。

「待ってっ！　置いて行かないでっ！　お願いっ、待って！」

女の叫び声を聞きながらガレージに通じる扉を開ける。

13.

もう午前1時を回っている。2階に戻り、シャワーを浴びてから、アンプのスイッチを入れる。明かりを消してベッドに入り、モーツァルトのグランパルティータに聞き入る。暗がりに浮かぶ天井の幾何学模様を見つめながら、この真下の地下室に閉じ込められている若い女のことを思う。

あの女が死ねば、僕の殺した人は12人になる。

12人——たとえどれほど優秀な弁護士を雇おうと、死刑になることは逃れられない数だ。だが、きょうまでに1088体もの胎児の命を奪った僕には、12人など何でもない数に思われる。

そうだ。僕は人を殺すことに慣れきっているのだ。

目を閉じる……初めて人を殺した時のことを思い出す。胎児ではなく、人間を殺した時のこと——。

最初に人を殺したのは3年前の春、僕が新館の責任者に任命されて間もなくの頃のことだった。

あの夜は、海からの生暖かく、湿った風が吹いていた。

あの春の深夜——ふと目を覚ました僕はベッドを抜け出し、春風の吹く夜の住宅街をブラブラとあてもなく散歩した。

人影のない夜の道を歩くのは気持ちがよかった。デタラメに路地を曲がってしばらく歩いていくと、小さな公園に突き当たった。初めて来る公園だったが、そこには直径4mほどの丸い池があり、懸樋《かけひ》を模した濾過器《ろかき》が低い音を立てて水を循環させていた。透き通った水の底では赤や黒や白の模様をもった40～50㎝ほどのニシキゴイが、太った身をぶつけあうようにして泳いでいた。

歩き疲れた僕は公園の片隅のベンチに腰を下ろし、ぼんやりとそれを眺めていた。空には星が瞬いていた。

どのくらいそうしていたのだろう――？

深夜の公園に、どこからか人が姿を現した。

それは髪の短い痩せた男だった。男は青い小箱を抱いて池の縁にしゃがみ込み、様子をうかがうかのようにキョロキョロと辺りを見まわした。ベンチにいた僕は無意識に息を殺し、体を強《こわ》ばらせた。

黒いシャツにジーパンを穿《は》いた男は、僕がいることには気づかなかった。彼は青い小箱を抱えたまま、池の縁にしゃがみ込んだ。そして小声で何かを呟きながら、コイが泳ぐ様子をじっと見つめていた。

僕は公園の片隅のベンチから男を見つめ続けた。

男はひとしきり何か呟いたあと、胸に抱えた青い小箱の蓋《ふた》を開いた。コイの泳ぐ池に身を乗り出し、箱の中の白い粉を濾過器の給水口の付近にザザッとあけた。

洗剤だ。

僕は思った。だが、声は出さなかった。

池に入れられた合成洗剤はすぐには溶けず、粉末のまま給水口から吸い込まれ、濾過器の中でようやく溶解し、それから真っ白な泡となって懸樋の口から水面に流れ落ちた。細かい泡がたちまちのうちに丸い水面に広がっていった。

男は洗剤の入っていた空き箱を脇に放り出し、水面に広がる白い泡を無表情に見つめていた。真っ白なクリーム状の泡は瞬く間に水面のすべてを覆い、やがて生ビールの泡のように盛り上がって池の縁から溢《あふ》れ出した。円形の池を覆い尽くした泡の上に、時折、もがき苦しむコイたちの尾鰭《おひれ》や頭が見えた。

やがて男は来た時と同じように静かに公園を後にした。

僕は男の後をつけた。

男は相変わらず口の中でひとりごとを言いながら、10分ばかり歩き続けた。辺りの様子はいつの間にか、海に面した古い住宅街から、小さな家々がゴチャゴチャと軒を連ねる地域に変わっていた。男は歩き続け、やがて、狭い路地の突き当たりにある古ぼけたアパートの一室に入っていった。かつて、母と僕が暮らしていたような汚らしいアパートだった。

僕は、男が入っていったドアに書かれた、『小宮《こ》』という文字を確かめてから帰宅した。

翌々日の新聞の地方欄には平塚の公園の池に洗剤が撒《ま》かれ、約30匹のニシキゴイが全滅したという記事が載った。だが、もちろん僕は警察に通報などしなかった。その代わり、それから数日にわたって、犯人である『小宮』という男のことを調べた。男は近くのプラスティック成型工場に契約社員として勤務する35歳の独身の工員で、もう5年も前からその古ぼけたアパートにひとりで暮らしていた。秋田の田舎町の出身で、友人も恋人もいないようだった。

男が公園の池に洗剤を撒いてから半月ほど経った深夜、僕はひとりで男のアパートを訪れ、宅配便を装ってドアを開かせ、強力なスタンガンを使って男を失神させた。そして意識をなくした男を356ポルシェの助手席に押し込み、この家の地下室に運び込むことに成功した。

地下室にはまだ鉄格子などなかったから、僕は床に横たわった男の首に長いロープを結んで天井の太い鉄パイプに繋《つな》いだ。男がロープをほどくことができないように、両手をガムテープで後ろ手に縛りつけ、ついでに両足首もロープとガムテープで何重にも縛っておいた。

目を覚ました男は暴れに暴れ、叫びに叫んだ。だが、やがて、どうすることもできないと気づき、翌日には静かになった。

僕は男になぜ公園の池に洗剤を入れたのかきいてみた。僕の質問に男は「ムシャクシャしてたんだよ。それだけだよ」と答えた。男の話によれば、彼はあの日、勤務先の工場で上司に、みんなの前でひどく叱られ、その腹いせに公園の池に洗剤をブチ撒けたということだった。

「たかが魚じゃないかっ！」

首にロープを結ばれたまま、男は吠《ほ》えるようにそう言った。「俺はただ、魚を殺しただけじゃないかっ！　お前にいったい、何の関係があるんだ？　警察に突き出すなら、さっさとそうしろっ！」

だがもちろん僕は、警察に突き出したりはしなかった。

地下室に閉じ込められた男を、僕が餓死させたというわけではない。彼にはちゃんと食料を与えた。とても塩辛い、乾いた食料を――。けれど、水はいっさい与えなかった。

男は猛烈な喉の渇きを訴え、狂ったように水を求めた。だから僕は、深い皿に水を入れ、そこに大量の合成洗剤を溶き入れて男の前に置いてやった。男は最初はためらっていた。だが、4日目には喉の渇きに耐えられず、犬のように這《は》いつくばって洗剤入りの白濁した水を飲み干した。そしてすぐに嘔吐《おうと》し、ひどい腹痛にもがき苦しんだ。

――男は6日目の夕方、僕が病院から戻ると、タイルの床に転がって死んでいた。

床に転がった死体の処理を考えあぐねた末、僕は死体を裸にして太い鎖でぐるぐる巻にした上で、シーツにくるんでポルシェの後部座席に押し込んだ。そして翌日の深夜に茅《ち》ヶ《が》崎《さき》のヨットハーバーに停泊させてあった僕の小型クルーザー（モーターボートに毛が生えた程度のオンボロだ）に運び込み、大島に向かう途中で海中に捨てた。

それから何日かは新聞やテレビのニュースに怯《おび》えて暮らした。だが、裸の体に重い鎖を何重にも巻きつけた男の死体は海底に沈み、魚やエビやカニや、その他の微生物に蝕《むしば》まれ、ついに発見されることはなかった。


なぜ僕はあの小宮という男を、あんなふうに殺したのだろう？

もしあの男が、公園の池に洗剤を投入したのではなく、公園で女を強姦《ごうかん》したというなら、僕はきっとあんなことはしなかっただろう。彼が公園で会社の上司を刺殺する場面を目撃したというなら、きっと僕はそのまま立ち去っただろう。

男が人間を殺したのだったら、それはどうでもいい。人間は人間の法律に守られているのだから、僕の知ったことではない。

だが、池のコイを殺すのは許せなかった。そういう弱くて、何の抵抗手段も持たず、何の法律にも守られていないものに当たるというのは――人間を殺すより遥《はる》かに悪いことのような気がした。弱い者が、自分よりさらに弱い者を虐げるというのは、なぜだか、とてつもなく罪なことのように感じられた。

そのことがあってすぐに、僕は地下室を改造した。休日ごとにＤＩＹショップに行って、電気ドリルや鉄筋やセメントを買い込み、２カ月かかって自分で鉄格子を取りつけた。

天井を見つめるのをやめて、寝返りをうつ。ベッド脇の床に置いた花瓶で30本のヒマワリが咲いている。遠くからグランパルティータがきこえる。

また地下室の女のことを考える。ゆっくりと眠りがやって来るのがわかる。

14・

――午前6時。

ベランダのポルカの声に目を覚ます。目を擦《こす》りながらベッドを出て、カーテンを開ける。キッチンと寝室とリビングルームを兼ねた一部屋だけの2階に斜めからの朝日が深く射し込む。

いつもの朝と同じようにベランダの手摺《てす》りにポルカが来ている。僕はあらかじめ用意してあったドッグフードを一握り摑《つか》むと、窓を開けてベランダに出る。吹き込んだ朝の風が、ベッド脇の床に置いた花瓶の、30本のヒマワリを揺らしていく。

ベランダの手摺りにドッグフードを置き、室内に戻る。窓を閉め、ガラス越しにポルカがドッグフードを啄《ついば》むのを眺めながらパジャマを脱ぎ捨て、軽い柔軟体操をする。トレーニングウェアを素早く着込み、朝のジョギングに行くために1階のガレージに降りる。

きょうはいい天気だ。いつものように相模《さがみ》川河口に向かって走っていると、すっかり顔なじみになったビーグルを連れた老人がやって来るのが見える。「おはようございます」と挨拶《あいさつ》をする。

「おはよう」と老人が元気よく笑う。

行きつけのパン屋の前でその家の主人と挨拶をする。自宅前の掃除をする老婦人と挨拶をする。相模川の土手と、そこに咲く満開の桜並木が見えてくる。僕はさらにピッチを上げる。冷たい風が頰を心地よく撫《な》でていく。


――午前7時半。

汗にまみれてジョギングから戻る。再び1階のガレージを通り抜け、2階の居住空間に戻ってアンプのスイッチを入れる。アンプの前でしばらく迷い、プレーヤーからグランパルティータを取り出し、代わりにクラリネット協奏曲を入れる。ジェローム・グリーンの奏でるクラリネットをききながら浴室に向かう。

シャワーから上がると、濡《ぬ》れた体にバスローブを羽織り、サイフォンにミネラルウォーターを入れ、アルコールランプに火を点《つ》ける。ミネラルウォーターが沸騰するあいだにミルでガリガリと豆を挽《ひ》く。

ベランダにまたポルカが来る。しかたのないやつだ。もう1度ドッグフードを与えるためにベランダに出る。

テーブルに戻り、ポルカが餌を啄むのを眺めながら、できあがったばかりのコーヒーを飲む。シリアルに牛乳をかけて食べる。食後にはプラムを食べる。ドライヤーで髪を乾かし、着替えを済ませ、出勤のために、また1階のガレージに降りる。地下室の女のことを思い出す。

女はまだ生きているのだろうか？

ちょっと様子を見に行きたいが、もう時間がない。たぶん、夕方、僕が帰宅するまではもつだろう。

15

自宅を出るとすぐに、幼い子供の悲鳴のような声がきこえた。

慌てて辺りを見まわす。だが、察しはついている。

案の定、すぐそこのアパートの2階のベランダで幼い女の子が泣いている。年は4歳か5歳ぐらいだろう。こんなに風が冷たいというのに女の子は裸で、お尻《しり》にキティちゃんのプリントされた白い木綿のパンツを穿《は》いているだけだ。女の子は窓に向かって、「ごめんなさい、ママ、ごめんなさい」と叫ぶように繰り返している。

そう。いつもそうなのだ。あのアパートの2階に暮らす若い母親は、いつもこうやって幼い娘を虐待しているのだ。

2カ月ほど前、平塚に珍しく雪が降った朝に、女の子がベランダの鉄柱にロープで縛りつけられているのを僕は見た。その少し前には、真夜中のベランダに女の子がうずくまっているのを見たこともある。

女の子の顔は涙でグショグショになっている。窓の向こうには金色の髪をした母親らしい人影が見えるが、女の子を中に入れてやるつもりはないようだ。

その場にしばらく立ち尽くして、「ママ、ごめんなさい、ごめんなさい」と泣き叫ぶ女の子を見上げている。僕のほかにも何人かの通行人が裸の女の子の姿に気づくが、足を止める人はいない。

やがてベランダの窓が開き、中から長い金髪の痩《や》せた女が顔を出す。「うるさいっ！いつまでも泣いてるんじゃないっ！」と怒鳴りつけて、女の子の頬を力の限り張り飛ばす。女の子が悲鳴を上げてその場に崩れ落ちる。

だが、女の子はまだ許してもらえない。金髪の母親は、裸の女の子をベランダに残したまま、またピシャリと窓を閉めてしまった。

アパートのベランダを見上げ、僕は堅く拳《こぶし》を握り締める。けれど僕には、どうすることもできない。

16.

本館には顔を出さず、まっすぐ新館に入る。有線放送から、今朝はショパンが流れている。薄桃色の制服姿の看護婦たちが口々に「古河先生、おはようございます」と微笑みかけて来る。制服のスカート丈を膝《ひざ》上20cmに仕立て直した石橋裕子《いしばしゆうこ》という若い看護婦が、「古河先生。そのシャツ素敵ですね」と褒めてくれる。

「ポール・スミスですか？」

「そうだよ。わかる？」

「わかりますよ」

ロッカールームで白衣に着替えてから自分の事務室に入り、窓の向こうの満開の桜を眺める。少し窓を開けると風が桜の花びらと、ほのかな香りとを運んで来る。

ノックがし、小柄な小山美紗が、「もらいものなんですけど、召し上がってください」と言ってパウンドケーキを皿に乗せて運んで来る。僕が「ありがとう」と言って微笑むと、小山美紗が嬉《うれ》しそうに微笑み返す。

また窓の外の桜の花を眺めてから、机の上のスケジュール表に目をやる。今朝は10時に人工妊娠中絶手術が控えている。

今朝もまた、差出人名のない封書が届いている。メイルオープナーで封を切り、中から細いペンで書かれた便箋《びんせん》を取り出す。

『……わたしも20歳の時に中絶をした経験があります。恋人に強制されて泣く泣く中絶手術を受けたのです。あの時のことは生涯忘れることはできません。

あの時、あなたの同業者である婦人科の医者は笑いながら、「大丈夫、気にすることはありません。それはまだ人間じゃないんですから」と、わたしに言いました。

人間じゃないだって？　冗談でしょ？

それは人間だったのです。間違いなく、わたしの赤ちゃんだったのです。

今ではわたしは、自分のしたことを深く後悔しています。そして、恋人だった男とあの医者を猛烈に恨み、猛烈に憎んでいます。殺したいほど憎んでいます……。

もちろん、その婦人科の医者はあなたではありませんが、あなたも同罪です。いいえ、あなたは彼以上の罪人です。なぜなら、あなたは……』

いつものように最後まで読まず、僕はそれを足元のゴミ箱に落とした。


アメリカでは人工妊娠中絶手術に携わる医師や医療スタッフ、ボランティアなどが、狂信的な中絶反対派によって狙撃《そげき》され、死亡したり重傷を負ったりするという事件が相次いでいる。数年前の8月にはフロリダで医師とボランティアの警備員が病院の前で反対派にライフルで撃たれて死亡し、その年の12月にはボストンでふたりの医療スタッフが反対派に射殺され、5人が負傷した。狙撃されないまでも、自宅に反対派が集団で押しかけ、玄関前でシュプレヒコールを上げてイヤガラセをすることはザラらしい。

そんなことがあって、アメリカでは正規の人工妊娠中絶手術を実施する医師の数がどんどん減っている。中絶手術を行うと公表することが命懸けの行為になってしまい、外出する時にはいつも防弾チョッキを身に着け、銃を持った警備員に護衛されなければならなくなってしまったからだ。そんなリスクを負ってまで中絶手術を続けるメリットは医師にはない。今、アメリカの8割以上の郡には、中絶手術を行う医師がひとりもいないという。

17.

——午前10時。

きょう最初の人工妊娠中絶手術。

「古河先生、陣痛の間隔が短くなりました。そろそろだと思います」

膝上20㎝のスカートを穿いた石橋裕子がカーテンの向こうから告げる。

「はい、すぐ行きます」

僕は立ち上がり、背後のカーテンを開ける。手術台の上には昨日から入院している36歳の患者が横たわり、定期的に繰り返される陣痛に喘《あえ》いでいる。まもなく産道を通って胎児が出て来るはずだ。それは通常の出産の光景とそれほど変わることはない。

だが、これが出産と呼ばれることはない。

患者にはすでに3人の子供がいる。そのうちのふたりは本館で出産した。だが4人目は経済的に無理だということになって、今回は中絶するためにこの新館にやって来た。彼女は顔に脂汗を浮かべて呻《うめ》いている。だが彼女は出産のベテランだ。僕がアドバイスすることなど何もない。僕は顔を上げ、アマゾンの魚たちが戯れる水槽を眺める。

子宮収縮剤プロスタグランディンの働きによって、まだ成長の途上にあった胎児は暗くて温かな楽園から排出され、冷たい光に照らされた医療用のステンレス・トレイの上で何度か苦しげにのたうった。

その生命体は発生から19週。体重300g、身長230㎜ほど。まだ眉《まゆ》も睫毛《まつげ》も生えていないし、瞼《まぶた》も上下に分かれてはいない。それでも、鶏の卵ほどの大きさになった頭にはうっすらと毛髪が生え、側頭部では耳が形作られ始めている。

血管の透けて見える皮膚には微《かす》かな産毛《うぶげ》が生え、手足には5本ずつの指が形成されている。胸部には肋骨《ろっこつ》も見えるし、筋肉の発達も進んでいる。外性器から男児であることまでわかる。

だが、もちろん——それはまだ、人間ではない。

そう。日本の法律では妊娠22週未満の胎児は、まだ人間ではないのだ。だから僕が19週の胎児を何人殺しても、罪に問われることはない。

妊娠21週6日の胎児と、22週の胎児とのあいだに、どれほどの違いがあるのかは僕にはわからない。だが、はっきりしているのは、妊娠21週と6日の胎児を中絶しても罪にはならないが、その翌日、妊娠22週になってしまった胎児を中絶すれば殺人罪に問われるということだ。

その赤ん坊、いや、発生から19週のその生命体は、ついさっきまで羊水の中で活発に動きまわっていたのだ。人間として生まれ出るための成長を続けていたのだ。あと8週間生き延びることができれば、母体外での生存が可能だったはずだ。いや、せめてあと3週間生き延びることができれば、母体保護法上、もう中絶はできなくなっていたのだ。

だが患者の4人目の子供になるはずだった胎児は生まれ出ることを許されず、楽園から追放され、母体の外に排出されてしまった。もはやそれが人間になることはない。

発生から19週の胎児にはまだ呼吸能力がなく、産声を上げることさえできない。もちろん、光の存在など知る由もない。

ヌルヌルとした粘膜に覆われたその生き物は、冷たいトレイの上で、釣り上げられた魚のようにしばらくのたうち、まるで呼吸を求めるかのようにパクパクと口を動かし、小さな腕を広げて何かを求め、それから――動かなくなった。

「終わりました」

僕が告げ、女は朦朧《もうろう》となった目を開く。

僕は中絶反対論者ではない。基本的には、中絶は女性の権利として確保されるべきだと考えている。ただ——僕には不思議なだけだ。

祝福されて生まれて来る子がある一方で、拒絶されて消えていく子がある。今後80年以上の年月を生きる胎児がいる一方で、光を見ることさえできない胎児がいる。そしてその違いは、親のほんのちょっとした決断によって決定される——その事実が、僕には不思議でならないだけだ。

午前10時25分、僕はまたひとつの生命を消滅させた。

きっと、僕ほど殺人に慣れてしまった者はいないだろう。もはやどれほど殺しても、心が痛むことなどない。

「運が悪かったんだ、諦めろ」

生まれて来られなかった男の子に、心の中で僕は言う。

18

紀元前4世紀。アリストテレスは、中絶は胎児が意識をもつまでのあいだに規制するべきだと主張した。古代ギリシャでは、中絶や子捨てや子殺しはごくありふれたことだったという。

紀元前3世紀のローマでは中絶は個人的便宜の問題だとされていたようだ。中絶の理由の中には、女性が自分の性的な魅力を保ちたいからとか、赤ん坊の世話をしたくないから、などもあったという。ただ、女性に中絶の決定権は与えられておらず、家父長の意志に逆らって中絶が行われた場合には罪に問われた。

19

「古河先生、院長からお電話です」

去年のクリスマスに、僕にこっそり手編みのセーターをプレゼントしてくれた看護婦の鈴木詩織が電話を保留にして言う。「……どうします？　巡回中だって言いましょうか？」

「そんなことしたら今度は全館放送で呼び出されるよ」

僕は鈴木詩織に苦笑いしてみせる。「いいよ、出るよ」と言いながら受話器を取る。

「……はい、古河です」

『古河先生、今、忙しい？』

院長の声はいつもと同じように、冷たく事務的だ。

「いえ、大丈夫ですけど、何か？」

『もし手が空いてるなら、ちょっと来てもらえる？』

「わかりました。すぐに行きます」

電話を切り、まるで保護者のように僕の脇にたたずんでいる鈴木詩織に、「呼び出しを食らっちゃったよ」と言って笑う。

鈴木詩織がかわいらしい顔をしかめて笑い返す。


連絡通路を通って本館に向かう。本館は新館のように美しくはないし、クラシックの有線放送も流れてはいないが、賑《にぎ》やかでとても活気がある。気のせいか、ここにいる者たちはみんな、幸せそうな顔をしている。医師や看護婦までが何だか陽気だ。

待合室では何人もの妊婦たちが、突き出した腹部をいとおしげにさすりながら自分の順番を待っている。まだ幼い子供を連れた女もいるし、赤ん坊を抱いた女もいる。夫や恋人と寄り添うように座った女もいる。

患者たちが入院している病室をのぞいてみれば、きっと新生児を抱き上げる父親や母親の嬉しそうな姿を見ることができるだろう。患者と看護婦が楽しげに話す声もきこえるだろう。

そうだ。この本館では、子供たちはみんな、望まれて生まれて来るのだ。

「古河です……入ります」

そう言って院長室のドアを開ける。

質素に片付いた院長室では、院長と本館の婦長が話をしている。婦長が僕を見て微笑み、軽く頭を下げる。僕も同じように微笑み返す。

「ああ、古河先生。ちょっとそこで待っててね。すぐ終わるから」

大きなデスクに座った院長が冷たくこちらを一瞥《いちべつ》し、事務的な口調で言う。

「かまいませんよ、ゆっくり打ち合わせしてください」

僕は部屋の隅のソファに腰を下ろす。ソファの前には低いガラスのテーブルがあり、そこに乗った花瓶では早くもチューリップが咲いている。

3階にある院長室からは、午後の太陽にきらめく湘南《しょうなん》の海が見渡せる。足を組み、眩《まぶ》しく光る海を目を細めて眺める。

この病院の経営者でもある53歳の院長は、拒食症患者のような貧弱な肉体をしている。化粧はきちんとしているが、髪は短く、毅《き》然《ぜん》としていて、男に媚《こ》びるような感じではない。

いつもシックな色合いのパンツスーツを着ていて、スカートを穿《は》いているのを見たことはない。ずっと独身で、子供を産んだことはないそうだ。昔はきっと、美しかったのだろう。今もその面影は随所に残っている。だが、全体から受けるのは、長いあいだ、自分にも他人にも厳しく生きてきた女性といった印象だ。

やがて、婦長が頭を下げて院長室を出て行く。オーク材の扉が完全に閉まったのを確認してから、院長はゆっくりと僕に視線を向ける。他人に決して媚びることのない、冷たく澄んだ目で僕を見つめて無言で頷《うなず》く。

「用って何ですか？」

微笑みながら、僕は院長のデスクに近づく。院長は椅子から立ち、背筋を伸ばして僕と向かい合う。院長の履いたパンプスの踵《かかと》は低くはないはずだが、並んで立つと177cmの僕よりは頭ひとつ分、背が低い。

「いったい、どうしたんです？」

僕がまた微笑み、院長はもたれかかるように僕の体を抱き締め、白衣の胸に顔を埋めた。

「ただ会いたかっただけ……」

僕の胸に顔を埋めたまま院長が言う。

白衣にファンデーションが付いてしまうのを心配しながら、僕は院長の骨張った背中を静かに撫《な》でる。

「今夜、家に来られる？」

僕を見上げて院長がきく。

「今夜ですか？」

一瞬、地下室の女のことを思い出す。

「だって……明日はリョウもわたしもお休みでしょ？」

僕にすがりついたまま院長が甘えた声を出す。

僕の予想では地下室の女の命は今夜中にも失われてしまいそうだが、もちろん、院長の申し出を断るわけにはいかない。

「わかりました。お邪魔します」

院長の顔に喜びの表情が浮かぶ。僕は院長の顔に顔を近づけ、そっと唇を合わせる。院長の閉じた瞼《まぶた》でアイシャドウが光り、唇からスペアミントの香りがする。

僕はまた地下室の女のことを考える。

20.

――午後6時。

窓の外に春の闇が漂い始めた。薄暗がりにソメイヨシノの花が白く揺れている。デスクでヴィヴァルディをききながら、僕はそれを眺めている。

きょうの診療予定はすべて終了した。明後日はまた午前11時に妊娠13週の患者の人工妊妊中絶手術が控えているが、今夜はもうすることがない。明日は、週に1度の休日だ。カップの中の温くなってしまったインスタント・コーヒーをすする。また、窓の外に目をやる。

ふと……ずっとずっと昔、あの薄汚れたアパートの窓から、ひとりきりで横浜港の花火大会を見たことを思い出した。

たぶん、あれは7月の終わりだったのだろう。横浜港の花火大会は毎年7月の終わりに行われたから。けれど、母が僕を花火大会に連れて行ってくれたことはなかった。母はその晩もいつものように仕事に出掛けていた。

僕はもう小学校に通っていて、学校でみんなが、今夜は横浜港の花火大会に行くと言っていたのをきいていた。夕方、アパートの窓から商店街を見下ろした時には、浴衣《ゆかた》を着た何人かの子供たちが、はしゃぎながら駅のほうに歩いていくのも見えた。

だが僕は、別に花火大会に行きたいとは思わなかった。僕はいつものようにひとりで食事をし、ひとりで入浴をすませ、ぼんやりと本を読んでいた。すると、どこからか、ドーン、ドーンという音が微《かす》かに響き始めた。

慌てて窓から首を出し、遠くの空を見つめた。立ち並ぶビルのあいだ、遥《はる》か向こうの夜空に、黄色く小さな花火が、まるでタンポポの花のように広がるのが見えた。

そう。生まれて初めて見る花火は、本当にタンポポの花のようだった。それはとても綺《き》麗《れい》で、ひとりで見るのは何だかもったいないような気がした。

ふと思いつき、僕は部屋の隅にあった小さなお膳《ぜん》——僕の弟か妹になるはずだった子供たちの、ふたつの紙の位牌《いはい》が載ったお膳——を窓辺の、花火がよく見えるところに移動させた。それから部屋の明かりを消し、窓辺にしゃがんでそれを眺めた。花火大会が終わるまで、ずっとそうしていた。

あの時、僕は、まるで弟か妹が隣に座っているような気がした。

デスクの電話が鳴った。院長だった。

『リョウ？』

「はい、そうです」

『そろそろ帰れる？』

「ええ、大丈夫です。僕はタクシーで行きますから、先にご自分の車で行ってください」

『一緒に乗ってかない？』

「誰かに見られるとまずいですから……」

『そう？　それじゃ、そうするわ……早く来てね』

受話器を置き、また窓の外を眺める。

21

大磯《おおいそ》の院長宅に行く前にタクシーを自宅に向かわせる。自宅の門のところにタクシーを待たせて、急いで地下室に向かう。

女は――まだ生きているのだろうか？

女は鉄格子の向こうのベッドに横たわり、骨の浮き出た背中をこちらに向けている。相変わらず艶《つや》やかな髪が、ベッドの上に美しく広がっている。女が猛毒のストリキニーネ入りだと思っているステーキとオニオンスープには、手をつけた形跡がない。

扉を閉めて鉄格子に近づく。そんな物音にも女は振り向かない。

死んでしまったのだろうか？

立ち止まって、ビキニの跡が残る女の背中をじっと見つめる。ミイラのように痩《や》せこけた体がわずかに上下している。

そう。女はまだ生きている。

診察室で患者に話しかけるように、声をかける。

「どうです、具合は？」

その声に女は顔を上げた。億劫《おっくう》そうに体をひねってこちらを見る――振り向いた女の顔の凄《すさ》まじいやつれ方に、僕は思わず息を飲む。

落ち窪《くぼ》んで充血した虚ろな目。目の下にできた青黒い隈《くま》。表情の完全に失われた顔——そこには、数日前までの美しかった女の面影はまったくない。

「ほら、バナナですよ。毒は入ってません……食べてください」

そう言って、鉄格子のあいだから、ポケットに入れてきたバナナを1本差し入れる。

瞬間、女は言葉にならない声を漏らし、転げ落ちるようにベッドを下りた。タイルの床を這《は》うようにして鉄格子の根元に突進し、僕の手からひったくるようにバナナを奪い、ブルーのマニキュアをした指で引き千切るように皮を剝《む》いて貪《むさぼ》った。

これでいい。これで、女は明日、僕が院長宅から帰宅するまで生き延びることができるかもしれない。

女に背を向ける。

「待ってっ！　ちょっと待ってってっ！」

女が叫ぶが、もう振り返らない。

22.

二重になった窓ガラスで外界から遮断された部屋の中はとても静かだ。その静かな空間に、もう若くはない女の淫《みだ》らな声が断続的に響いている。カーテンを開けた窓から射し込む月明かりが、女の衰え始めた肉体を暗がりに浮かび上がらせる。

薄くなりかけた陰毛や、色の悪くなった外性器が完全に透けて見える薄いナイロンのショーツだけを身に着けて、女は痩せた体を反らして喘《あえ》いでいる。糊《のり》の効いたシーツに後頭部を擦りつけ、脂肪のほとんどついていない脚を僕の脚にからませ、貧弱な乳房を突き出して、自分の乳首を貪る僕の頭を抱いている。

ごく薄いナイロンの布地の上から女の外性器に触れる。性器の割れ目に何度も指先を滑らせ、それを強く押し込む。ショーツから滲《にじ》み出た体液が指先をぬめらせ、光らせる。

乳首を嚙《か》む。押し殺した喘ぎ声とともに、女の全身が痙攣《けいれん》するかのように震える。女がシーツを蹴《け》って腰を突き上げ、上に乗った僕の体が浮き上がる。鋭い爪が、僕の背に深く食い込む。

「ああ……リョウ……してもいいわよ……」

その言葉に僕は身を起こし、腰骨の突き出た女の下半身に貼りついたベージュのショーツを、まるで皮膚を引き剝《は》がすかのようにして脱がせる。硬直したペニスを女性器に宛てがう。

ペニスの先端が女性器に触れた瞬間、女の目に微かな怯えの色が浮かんだ。

「……ごめんなさい……リョウ……やっぱり、ダメ……」

痩せた体を喘がせて院長が言う。

僕は動きを止め、暗がりの中で頷《うなず》き、微笑む。

「……ごめんなさい……もう少しだけ待って……」

院長が繰り返し、僕はまた微笑む。

僕が新館の責任者に任命された直後から、院長と僕はこんな関係になった。週に1度、時には2度、僕はこうして大磯の海を見下ろす院長の自宅を訪れ、一緒に食事をし、ワインを楽しみ、ベッドを共にする。だがまだ、本当の意味での性交はしていない。院長が僕に言った言葉を信じるならば、それ以前の30年にわたる年月を彼女はひとりきりで過ごして来た。その30年のあいだに、誰かと肉体的な交わりをもったことはただの1度もなかった。

30数年前、まだ10代の医学部の学生だった頃、院長にも恋人がいた。彼もやはり医学部の学生だった。やがて院長は妊娠した。恋人は当たり前のように中絶をすすめ、彼女も当たり前のように人工妊娠中絶手術を受けた。胎児は10週になっていた。

その時は別に、何とも思わなかった。だが、手術のあとで、恋人がこれまでと同じように肉体を求めて来た時、彼女にはそれに応じることができなかった。

彼女は平気なつもりだった。だが肉体がどうしても男性を受け入れることを許さなかったのだ。彼女は恋人と別れ、それ以降、誰とも付き合うことはなかった。もちろん、男性と肉体的な交わりをもつことはなかった。

自分の子供を自分の意志で殺してしまったという動かしがたい事実は、彼女の精神にとてつもなく大きな罪悪感と、とてつもなく深いダメージを与えていた。その罪悪感やダメージから彼女が立ち直るためには、実に30年という歳月が必要だった。いや——30年という歳月が過ぎてもまだ、彼女は完全に立ち直ることができないでいるのだ。


院長の頭部が僕の股間でゆっくりと上下している。

僕は指を伸ばして院長の貧弱な乳房に触れる。片方の掌にすっぽりと収まってしまうほど小さなそれを、強く揉みしだく。ペニスを口いっぱいに含んだまま、院長がくぐもった声を漏らす。

その呻《うめ》きをきいた瞬間、僕の中に凶暴な感情が沸き上がる。その感情がどこから来るのかはわからないが、時々、僕は院長を殺してしまいたくなる。院長の頬を張り、殴りつけ、その細い首を乱暴に絞めて殺したくなる。

上下運動を続ける院長の短く刈り込まれた髪に触れる。頭皮が透けて見えるほど薄くなった柔らかな頭髪。それをぐっと乱暴に摑《つか》み、院長の頭をペニスに叩《たた》きつけるかのように揺さぶる。ペニスは院長の口の中でさらに力強く膨らみ、舌を圧迫し、呼吸を遮り、その空間のすべてを支配する。

……殺したい……この女を、殺してしまいたい。

凶暴さと残酷さに支配されて、僕は院長の髪を鷲《わし》摑みにし、硬直したペニスでその喉《のど》の奥を突きまくった。喉を突き破ってしまうかという勢いで、激しく突き続けた。静かな密室に院長のくぐもった呻きと、粘膜の擦れ合う音が続いた。

喉の奥にペニスの先端が何度も何度も激突し、ついに院長はそれを吐き出して咳《せ》き込んだ。僕の指のあいだには、抜けた頭髪が何本か残っている。茶褐色に染められたそれらは、どれも根元の部分が5㎜ほど白くなっている。

「リョウ、お願い……あんまり乱暴にしないで」

院長はまだ咳き込んでいる。だが僕は許さない。激しい咳が終わるか終わらないかのうちに、再びそれを院長の薄い唇に押しつける。

院長は嫌々をするかのように首を振る。だが、それでも僕は許さない。理由のわからない凶暴な感情に支配され、硬くなったペニスの先端で院長の口を無理やりこじ開ける。微かにルージュの残る唇が広げられ、再びそれに被《かぶ》さっていく。僕の指が再び強く院長の髪を摑み、院長の頭が上下運動を再開する。

全身を支配する暴力的な快楽――その快楽に包まれながら、僕は院長の口の中に、熱い体液を大量に吐き出した。

ペニスの痙攣が終わるのを待って院長は顔を上げる。僕の目を見つめ、僕にそれがはっきりとわかるように――まるで、幕府の役人の前でイエス・キリストの絵を踏む長崎の隠れキリシタンのように決意を秘めて――喉を鳴らして、口に含んだ液体を飲み下した。

コクリという小さな音が、僕の耳に届いた。

23

院長は僕の肩に、化粧気のない顔を押しつけるようにして眠っている。骨張った裸の肩が、静かに上下している。湿った寝息が温かく顎《あご》をくすぐっていく。

院長の薄くなってしまった髪を撫でながら僕は暗い天井を見つめ、ハシボソガラスのポルカのことを考えている。明日の朝もポルカは、僕のベランダにやって来るだろう。そこでカー、カーと僕を呼ぶだろう。

できることならポルカのために、日の出前にここを出て平塚の自宅に帰りたいのだが、そういうわけにはいかない。院長が「明日の朝はクラムチャウダーを作るわ」と張り切っていたことを思い出す。「ゆっくりと朝食をしたあとで、大磯の海岸に行ってみない？」たとえ休日といえど、院長の提案を断るわけにはいかない。かわいそうだが、ポルカには我慢してもらうしかない。まあ、真冬ではないので、餌ぐらいは自分で何とかできるだろう。

そっと毛布を引き上げ、ソバカスの浮いた院長の肩に掛けてやる。天井の暗がりを見つめたまま、今度は近所のアパートのベランダに裸でいた幼い女の子のことを考える。今朝はいったい、いつ母親に許してもらったのだろう？　あれからちゃんと、食事をすることができたのだろうか？　今は暖かな布団の中で、安心して眠っているのだろうか？

あの女の子がいつから両親に虐待されているのかは知らない。だが、かれこれもう、2年に近いのではないかと思う。いつだったか、あの女の子が母親に連れられて近所のコンビニエンスストアで買い物をしているのを見たことがある。確か、あの時も、女の子の顔には殴られたようなアザができていた。

女の子の母親は金色の髪を長く伸ばした貧相な顔をした女で、安っぽいデニムのミニスカートに安っぽいトレーナーを着込み、安っぽいビニールのサンダルを突っかけ、コンビニエンスストアの買い物カゴに弁当やカップ麺《めん》や缶ビールを次々と投げ込んでいた。そんな母親の脇で、女の子は落ち着かない様子で辺りを見まわしていた。ちゃんと食事をさせてもらっているのだろうか？　本来ならふっくらとしていていい年頃なのに、女の子はひどく痩《や》せて、とても顔色が悪かった。

院長が寝返りをうち、ベッドのスプリングがわずかに軋《きし》む。天井を見つめていた僕に気づき、「どうしたの、リョウ？　眠れないの？」ときく。

「いいえ、大丈夫です」

僕はそう言って笑いかけ、また院長の髪を撫でてやる。柔らかな毛布に顎を埋めて、院長はたちまち眠りに落ちる。僕はまた、暗い天井を見つめる。そして、その時になってようやく、地下室の女のことを思い出す。

自宅に戻れるのは早くても明日の午後、たぶん夕方になってしまうだろう。それまで、あの女は餓死せずに生きていられるだろうか？

僕は猛烈な飢餓に瀕《ひん》した女の苦しみを考える。

空腹がどれほど辛いか、実は僕はそれをよく知っている。


——あれはまだ、僕が小学校に上がる前、5歳か6歳の頃だったと思う。

あの頃、母が2〜3日帰って来ないのは珍しいことではなかったけれど、あの時は11日、もしかしたら12日か13日、母は家に戻って来なかった。

幼稚園にも保育園にも通っていなかった僕は、冷蔵庫や戸棚にあった食料を食べながら、ひとりきりで母の帰りを待った。ひとりで食事をするのにはふだんから慣れていたから、最初は不安はなかった。だが、4日、5日と日が経つにつれて、少しずつ不安になっていった。家の中にある食べ物がどんどん減っていったからだ。

食料を少しでも長持ちさせるために、5日目からは食べる量を減らした。保存のきく缶詰やビン詰、カップ麺やチョコレートなどはなるべく残しておき、野菜や豆腐などの腐りやすいものから順に食べるようにした。お腹が減らないように、できるだけ動かず、ベッドの中でじっと天井を眺めていた。

母の帰りを待ちながら、僕はずっと、子ギツネのことを考えていた。巣穴で母ギツネの帰りを待つ子ギツネのこと——。

もし、母ギツネが猟師に撃たれて死んでしまったら、子ギツネもまた、巣穴の中で飢えて死ぬのだ。帰って来ることのない母を待ち侘《わ》びて餓死するのだ。

いったいこれまでに何匹の母ギツネが猟師に殺されたのだろう？　そしていったい、何匹の子ギツネが飢え衰えて死んだのだろう？　母を待ちながら、僕はぼんやりと、そんなことばかり思っていた。

9日目の朝に残りのマーガリンを嘗《な》めてしまってからは、ついに食べるものがまったくなくなり、それからは水だけを飲んで飢えをしのいだ。もう母はどこかで死んでしまって、家には帰って来ないのかもしれないと思った。きっと自分はこのまま死んでしまうのだろう、と思った。

空腹は耐え難かった。だが、不思議なことに、死ぬことを怖いとは思わなかった。

母は11日目か12日目か13日目の昼頃に、酒と煙草と化粧の匂いをさせて帰って来た。ベッドの中の僕を見下ろして、「遅くなって、ごめんね」と笑った。


院長がまた寝返りをうち、ベッドのスプリングが軋む。院長の骨張った裸の脚が、僕の脚に絡まる。

なぜ時々、院長を殺したくなるのだろう？　僕はこの女性を、たぶん愛している。それなのに、どうして暴力を振るってみたいと思うのだろう？　どうして髪の毛を引っこ抜いたり、頬を張り飛ばしたり、足蹴《あしげ》にしてみたいという欲望に駆られるのだろう？

僕はおそらく、サディストではない。ほかの女性に対して、そんな気持ちになったことはない。

どれほど考えても理由はわからない。

諦めて目を閉じる。優しい眠りがすぐそこまで来たのがわかる。

24・

——午後7時。

院長宅での遅い朝食と大磯海岸での散歩と、大磯の古い洋食レストランでの遅い昼食と、純白のシボレー・コルベットでのドライブと、近所の商店街での買い物に付き合ったあとで、院長からようやく解放されて平塚の自宅に戻る。

1階のガレージからまっすぐに地下室に向かう。地下室の扉を開けたとたん、ケーブルテレビの料理番組の音声が聞こえて来る。その36インチモニターの向こう、鉄格子の中のベッドに、ナイロンサテンの小さなショーツだけを身に着けた女が、こちらに背中を向けて横たわっている。

まだ生きているのだろうか？　それとも死んだのだろうか？

ゆっくりと鉄格子に近づく。女が毒入りだと思っているサーロイン・ステーキとオニオンスープには、やはり手をつけた形跡がない。

「戻りましたよ」

そう声を掛ける。

だが、女はベッドに髪を振り乱したまま身動きしない。

「起きてください」

そう言いながら、さらに鉄格子に近づく。だがやはり、女は身動きしない。

用心のため、スタンガンを握り締めて鉄格子の扉に取りつけた南京錠を開ける。そっと扉を開き、鉄格子の中に体を入れる。

「生きてますか?」

女のすぐ背後に立って言ってみる。だが、やはり女はピクリとも動かない。

痩せた首筋に手を当てて脈拍をみる。

――女は死んでいる。


念のために、それほど大きくない乳房に耳を押し当ててみる。

女の乳房はすでに体温を失い、冷たくなっている。息を殺す。だがもちろん、そこから心臓の鼓動など聞こえない。

女は死んでしまったのだ。

手を伸ばして、エビのように丸められた女の体を揺すってみる。すでに全身は死後硬直によって人形のように堅く強《こわ》ばっている。

僕は辺りを見まわす。そして、これから殺される雄牛の絵の下――床の近くのコンクリートの壁に、文字のようなものが書かれているのに気づく。

《絶対にゆるさない。マツダイまでたたってやる》

たぶん、死に瀕《ひん》した女が、ステーキの肉汁を指に付けて書いたのだろう。

――絶対に許さない。末代まで祟ってやる。

僕は床にしゃがみ、それを書いていた時の女の姿を思い浮かべる。


女の体にのしかかり、両手に力を込めて、丸められた背骨をまっすぐに伸ばす。死体の骨や筋肉が軋む感触が腕に伝わるが、それほど強い硬直ではない。

背骨に続いて両手両足を伸ばす。やはり死体の膝《ひざ》や肘《ひじ》の関節が軋む。

ようやくまっすぐになった女の死体をベッドの上に仰向けにしてみる。思った通り、体の下になっていた側、肋骨《ろっこつ》の浮き出た左の脇腹と細い左の腿《もも》の外側に、血球の沈下による赤黒い死斑《しはん》が無数にできている。

死後硬直は心臓停止の2〜3時間後に始まり、12時間程度で全身におよび、その後、緩やかに寛解していく。現在の硬直の程度や、死斑の広がり具合から推測すると、たぶん女は、きょうの昼過ぎに死んだのだろう。検死の経験はないのではっきりしたことはわからないが、おそらく死因は餓死（正確には極度の栄養失調による急性心不全）とみて間違いないだろう。ということは、僕がせっかく与えたバナナは何の役にも立たなかったということになる。

ベッドの上の死体を見下ろしながら、僕は死の瞬間の女の様子を思い浮かべてみる。その瞬間に立ち合えなかったことをとても残念に思う。院長が誘いさえしなければ、きっと女が死ぬ、まさにその瞬間を見られたはずなのに、と思うと、たまらなく悔しい。

母体から排出された胎児が死ぬ瞬間は何百回となく見てきたが、人間が死ぬのにはまだ数回しか立ち合っていない……残念だ。

だが、しかたない。次の機会を待とう。

ベッドの脇にたたずんだまま、僕は壁に掛けられた、これから殺される雄牛の絵を見つめる。頭の中で慌ただしく今夜の予定を立てる。もう何日か死体をこのままにしておいて、死後硬直が完全に解けるのを待ってもいいが、嫌なことは早く済ませてしまったほうがいい。やはり、今夜のうちにこれを処理してしまうことにする。

女はメタリック・ブルーのマニキュアをした細い10本の指に、5つもの指輪を嵌《は》めている。左の薬指で光っている立て爪のダイヤモンド・リングは、もしかしたら婚約指輪なのかもしれない。僕はそれらを、骨張った指からひとつひとつ抜いてベッドマットの上に置く。指輪を外したあとで、今度は死体の手首から細い金のブレスレットを外し、筋と骨の浮いた首からペンダントを外し、耳たぶから4つのピアスを外す。

今度はベッドの反対側に回る。死体の右の足首ではブレスレットとお揃いの華奢《きやしや》なアンクレットが光っている。それを外し、ほかのアクセサリーと一緒にいつもの小箱に収める。いつもの小箱？　そう。ボール紙でできた白い小箱には、今までにここで死んでいった女や男の体から外したアクセサリー類が、ぎっしりと詰まっている。

死体からアクセサリー類を外すのは、別に戦利品のつもりではない。そんなつもりは、まったくない。ただ僕は、証拠を残さないように気を遣っているだけだ。

女がまとっていたすべてのアクセサリーを取り外したあとで、腰のところで結ばれた細い紐《ひも》をほどいてモカブラウンの小さなショーツを脱がせる。薄っぺらなショーツを丸めて床に落とし、女がもう何も身に着けていないことを確認してから、死体の背中に腕を回す。力を込めて抱き上げる。女の体は棒のように硬直していて、まるでマネキン人形を抱き上げているような気がするが、それは拍子抜けするほど軽い。

死体を肩に担いで地下室から1階のガレージに出る。356ポルシェの磨き上げられたボンネットにマネキン人形のような死体を横たえ、地下室の扉を閉める。その時になって初めて、僕は、鉄格子の中にバナナの皮が残っていなかったことに気づいた。

慌てて地下室に戻り、鉄格子の中を見まわす。念のために鉄格子の外も入念に調べる。

だが――バナナの皮はどこにもない。

トイレに流したのだろうか？　それとも、女が皮まで食べてしまったのだろうか？

一瞬、女の腹をナイフで引き裂いて調べてみたいという欲望に駆られるが、何とか思いとどまる。

25・

ガレージに停めた356ポルシェの運転席に座って目を閉じ、リアにマウントされた水平対向空冷4気筒エンジンがたてる独特のエキゾーストノートをきいている。

僕はめったに車の運転をしない。だが時にはこうして、ガレージに停めた車の運転席に座り、まるでクラシック音楽を聴くようにその乾いたエンジン音をきき、後部から伝わって来る心地よい振動に身を任せる。

開け放したサイドウィンドウから排気ガスが入り込み、鼻孔を刺激する。目を開き、狭いフロントガラスの向こうを見つめる。シャッターを上げたガレージから、白い排気ガスが星の瞬く夜の空に流れ出て行くのが見える。

ヘッドライトを点《つ》ける。サイドブレーキを下ろし、クラッチを深く踏み込む。ギアをローに入れる。

右側の助手席に目をやる――そこには白いシーツをまとった、ファッション誌のモデルだった女が、美しい髪を光らせて座っている。

ガレージから静かに車を出す。風向きがかわったのだろう。いつのまにか、街には潮の香りが満ちている。空気もとても暖かい。

目的地はすぐそこの茅ヶ崎のヨットハーバーだが、こんな気持ちのいい晩に、そんなに短いドライブではもったいない気がする。

「ちょっと遠出でもしてみようか?」

助手席に座った女の死体に言う。


満天の星が輝いている。

左手に水無川《みずなしがわ》の流れを見ながら、川に沿って続く緩やかな上り勾配《こうばい》の直線道路を走っている。点々と続く照明灯が、356ポルシェの磨き上げられたボディを照らしていく。

もうすっかり夜も更けた。今では前方にも後方にも車の姿は見えない。すれ違う車もまばらだ。

湘南の海は遥《はる》か後方に離れてしまった。ここまではもう潮の香りも届かない。5分走るごとに、外気がどんどん冷たくなっていくのがわかる。だが、サイドウィンドウを上げようとは思わない。湿った土の匂いのする風が、助手席の女の長く艶《つや》やかな髪をなびかせていく。

僕は車が好きなわけではない。ただ、356ポルシェが好きなだけだ。

「さあ、飛ばすぞ」

命をなくした女にそう言って、アクセルをさらに深く踏み込む。リアにマウントされた水平対向空冷４気筒エンジンが、高く嬉《うれ》しそうに響き渡る。

３５６ポルシェ——。

それは１９４０年代の後半、オーストリアの小村グミュントで生を受けた世界自動車史上の伝説的な名車である。その誕生は、第二次世界大戦の敗戦国として完膚なきまでに叩《たた》きのめされたドイツに起きた最大の奇跡のひとつだとさえ言われている。

そう。３５６ポルシェの誕生は間違いなく奇跡である。

それは何の脈絡もなく、ある日、突然、スポーツカーの最高傑作として誕生した。それまで世界に３５６ポルシェのようなスポーツカーは存在しなかったし、それ以降も、おそらく誕生していない。ある意味で、現存するすべてのスポーツカーは３５６ポルシェに近づこうとして果たせなかった、３５６ポルシェのレプリカに過ぎない。

３５６ポルシェはスポーツカーにまったく新しい概念を与えた車であり、極端に言えば、その後に誕生したすべてのスポーツカーの形態と思想とを規定した車である。そう。便利な移動と輸送のための乗り物に過ぎなかった自動車に、３５６ポルシェは思想と哲学を持ち込んだ初めての車なのである。

その流線形のボディフォルムは、ドイツの天才的デザイナー、フェルディナント・ポルシェ氏によって設計されたものであり、それはまるで航空機の機体のように、風に逆らうことを徹底的に嫌った結果として生み出された。空力学を追求したあまり、左右のフェンダーの高さは微妙に変えられ、ドライバー側のフェンダー曲面がわずかに強くなっていることにもそれは現れている。

さらに３５６ポルシェにおいてはエンジンやシャシーはもちろんのこと、ボディやタイヤ回り、計器類からハンドル、シートやミラーやワイパーにいたるまで、その部品のひとつひとつが、決して誇張ではなく、まるで高級な腕時計のように精密かつ緻密《ちみつ》に作り上げられている。その精度は航空機のそれを超え、宇宙に打ち上げられるロケット並みだとさえ言われている。

要するに３５６ポルシェという車は、移動や輸送といった実用のためにではなく、走るという目的のためだけに作られた車なのだ。

もちろん現在では、３５６ポルシェより速いスポーツカーはいくらでもある。より安全なスポーツカーも、より快適なスポーツカーもいくらでもある。だが、３５６ポルシェより純粋で、哲学的なスポーツカーは存在しない。それは３５６ポルシェの後継車種として開発され、３５６ポルシェの１０００倍の商業的成功を収めた９１１ポルシェでさえ例外ではない。

３５６ポルシェにはエアコンもシートベルトもエアバッグもない。入りにくいバックギアは狭い道での切り返しにはひどく苦労するし、混雑した道ではエンジンは簡単にストールしてしまう。リアに積まれた水平対向空冷4気筒エンジンは常にけたたましい音を立て続け、車内で音楽や会話を楽しむことなどできない。狭い後部座席はたとえ小学生の子供でさえもふたりは乗ることができない。前部のボンネットを上げると狭いトランクがあるが、そのスペースはスペアタイヤとバッテリーと工具類だけでいっぱいになってしまい、ごく小さな買い物袋さえ積むことはできない。もちろん、家族連れでの行楽などにはまったく不向きである。

だが、しかし——それがどうしたというのだ？

呪われるべきは混雑した道であり、ストップ＆ゴーを強いる信号であり、仕事のための通勤であり、日々の雑事であり、週末ごとの家族サービスなのだ。

より楽しく、遠くまで走ること。確実に止まること。そしてシャープに曲がること。そのほかにスポーツカーに必要なものがどこにあろう？

スポーツカーに快適さや静かさ、燃費のよさなどの経済性、便利さや居住性や収納スペースを求めるのは間違っている。それは、スーパーモデルの女性に炊事や洗濯や買い物や子育てを求めるようなものだ。

356ポルシェのステアリングを握り、アクセルを深く踏み込むたびに、僕は自分が日常のすべてから離れていくのがわかる。たぶん、それがスポーツカーに乗るということなのだ。スポーツカーに乗るということは、日常のすべての雑事から遠く離れて、自分の中にどこまでも、どこまでも深く沈み込んでいくという行為にほかならないのだ。

さらに深くアクセルを踏み込む。助手席の女が、まるで生きているかのように背筋を逸《そ》らす。

「さて、そろそろ茅ヶ崎に向かおうか？」

僕は女にそう話しかけ、右手を伸ばし、女の剝《む》き出しの細い腿《もも》にそっと触れてみる。そこには死後硬直がはっきりと感じられる。

26．

茅ヶ崎のヨットハーバーから出航した白い小型のオンボロなクルーザーで、深夜の相模湾を南々西に向かっている。遥か左手で大島の灯台が宝石のような光を放ち、薄い船底を叩く波の音がする。

水平線まで続く満天の星。海の匂い。さざ波が光り、時折、水面に銀色の腹を見せて魚が跳ね上がる。

船室の狭い床に女の死体を横たえて、その艶やかな髪を静かに撫でながら、僕はブルゴーニュ産の赤ワインを飲んでいる。もうすでに女の痩《や》せた体には、彼女には不似合いな黒く太い鎖がグルグルと、何重にも巻き付けられている。

低い天井に吊《つ》るしたランタンが円を描くように、ゆっくりと揺れている。ふと思いつき、僕はグラスに残った最後のワインを口に含む。女の上に屈《かが》み込み、女の冷たい唇に自分の唇をぴったりと合わせる。舌先で女の唇をこじ開け、その中にそっと、ワインを注ぎ入れる。だがもちろん、女は喉《のど》を鳴らしたりはしない。まるで血のように、それを口の端から溢《あふ》れさせただけだ。

小さな窓から外の様子をうかがい、コンパスと海図をもう1度確認する。

この辺りは漁船が底引き網を引くこともないし、ダイバーたちが潜ることもない。潮の流れも穏やかだ。きっと女の死体はこの柔らかな海底で生物たちの食べ物となり、バクテリアに分解され、静かに、ゆっくりと朽ちていくことになるだろう。

鎖のせいで、ずっしりと重くなった死体を抱き上げる。デッキに出る途中で、もう1度、辺りを見まわす。

大丈夫。周囲は見渡す限りの大海原で、小さな漁船の姿さえ見えない。

僕は女の死体をデッキにかつぎ出すと、ゆっくりと走り続けるクルーザーの右舷《うげん》から海中に落とした。瞬間、女が壁に残した《絶対にゆるさない。マツダイまでたたってやる》という文字を思い出した。

海面に白く大きな飛沫《しぶき》が上がり、女の死体は一瞬、水の中で白く光ったように見えた。それから小さな泡を浮き上がらせながら、静かに水の中に沈んでいき、たちまちクルーザーの後方に見えなくなってしまった。

27・

ポルカが呼ぶ声に目を覚ます。

枕元の時計を見る。まだ6時前だが、ポルカが来たのだからしかたがない。ヒリヒリする目を擦《こす》りながらベッドから出てカーテンを開ける。案の定、ベランダの手摺《てす》りにポルカが止まり、首を伸ばしてこちらの様子をうかがっている。その姿のかわいらしさに、思わず頰が緩む。

点《つ》けたまま眠ってしまった部屋の明かりを消し、アンプのスイッチを入れる。モーツァルトのフィガロの結婚の第一楽章が流れ出す。

固形のドッグフードを持って裸足《はだし》のままベランダに出る。空はどんよりと曇っていて、遠くから微《かす》かに雨の匂いがする。

「きのうは留守にしてごめんよ。外で何か食べたかい？」

ポルカに話しかけながら、アルミニウムの手摺りにドッグフードを並べてやる。

室内に戻る。僕が窓ガラスを閉めたのを見届けたポルカが手摺りをピョンピョンと跳ねるようにやって来て、ドッグフードを一粒一粒、器用に啄《ついば》んでいく。

僕はベッドの縁に腰掛けて、ポルカがドッグフードを啄むのを眺めながらモーツァルトに聞き入る。床に落ちたヒマワリの黄色い花びらを拾ってゴミ箱に捨てる。

ふと、相模湾の海底に沈んでいる女のことを思う。あの付近の海には前にも何度も死体を沈めている。もしかしたら、いくつかの死体はとても近くに沈んでいるかもしれない。僕は海底にゴロゴロと転がった死体の様子を思い浮かべてみる。

ベッドから立ち上がり、大きく伸びをする。ドッグフードを食べ終えたポルカが手摺りの上でお代わりを催促するかのように僕を見ている。首を伸ばした仕草が本当に、何ともいえずかわいらしい。

しかたがない。もう1度、ベランダに出て手摺りにドッグフードを一列に並べてやる。重たそうな鉛色の雲がゆっくりと流れて来る。

「これでおしまいだぞ」

ポルカにそう言って室内に戻り、クロゼットからトレーニングウェアを取り出す。素早くそれを着込み、朝のジョギングのために1階のガレージに向かう。

汗まみれになってジョギングから戻ると、ついに雨が降り出した。風に運ばれた細かい雨が窓ガラスに、まるで霧吹きで吹きつけたように付着し、滴になって流れ落ちていく。残念だが、今年の桜もこの雨で終わりだろう。

シャワーを浴び、慌ただしく朝食をとる。着替えを済まし、出勤のため、傘をさしてガレージを出る。いつものように狭い路地を歩いて行くと、女の子の声がきこえたような気がした。

あのアパートの2階のベランダを見る。

やはりそこに女の子がいる。

今朝はいったい、何があったというのだろう？　だが、幸いなことに今朝は裸にはされていない。雨も今のところ、あのベランダには吹きかかっていないようだ。

狭い路地にたたずんで、僕はしばらくのあいだ、女の子を見上げている。その時、女の子がこちらを向いた。僕と目が合う。

女の子の目は僕に助けを求めているようにも見えるし、心の中をからっぽにしているようにも見える。

僕にできることなど何もない。

僕は再び足を動かし始める。

28．

午前10時――。

以前、僕の診察を受けたことのある患者が、生まれて間もない赤ん坊を抱いて診察室を訪ねて来た。

「先生……ご無沙汰《ぶさた》しています」

そう言って女はペコリと頭を下げた。

彼女は大手通信機メーカーに派遣社員として勤務する独身のＯＬで、７カ月ほど前、この新館にやって来て僕の診察を受けた。新館を訪れるほかの患者たちと同じように、彼女もまた人工妊娠中絶手術を希望していた。

あの時も僕は、いつも患者に言っているように、彼女にも『赤ちゃんを産めない理由は何ですか？』『あなたは産みたくないのですか？』『パートナーとは話し合いましたか？』『中絶による後遺症を知っていますか？』などと質問してみた。

別に中絶を考え直すように説得するつもりではなかった。だが、彼女は中絶を思いとどまり、未婚の母になる決意をし、つい先日、本館で赤ん坊を出産した。僕はそれを、本館の医師からきいて知っていた。

「ほら、先生、抱いてやってください」

女はそう言って、ネルの肌着にくるまれた皺《しわ》だらけの赤ん坊を僕に差し出した。「すごくかわいいでしょ？」

僕は女から受け取った赤ん坊を胸に抱き締めた。赤ん坊は小さな手で、僕の白衣の襟をぎゅっと握り締めた。

「かわいいですね。名前は何ていうんです？」

僕の脇で微笑んでいた看護婦の石橋裕子が女にきく。

「ケンタにしました」

「ケンタ?」

「ええ。健康の健に太いです」

「いい名前ですね」

石橋裕子の言葉に女が嬉《うれ》しそうに笑う。

僕は赤ん坊をしっかりと抱き締める。赤ん坊の体温で胸が熱くなる。わずかに乳臭い。

石橋裕子の隣では婦長の寒河江《さがえ》啓子《けいこ》が、目を細めて赤ん坊を見つめている。

「古河先生、赤ちゃんを抱くのじょうずですね」

寒河江啓子がそう言い、石橋裕子が、「先生、ちょっと、わたしにも抱かせてください」と言って僕のほうに華奢《きゃしゃ》な腕を差し出す。

「本当に先生のおかげです……」

目を潤ませて女が言う。「あの時、この子を中絶していたらと思うとゾッとします。先生、本当にありがとうございました」

僕は無言で首を振り、さらに強く赤ん坊を抱き締める。

心の中で、『よかったな、お前は生き延びたんだぞ』と赤ん坊に言う。

人生は続く――。

第二章　13人目

12人目の女を餓死させたあと、僕は地下室の壁に掛かっていた20号のキャンバス――食肉になる雄牛を描いた油絵を、2階のベッドの脇の壁に移動した。餓死する前に女が、地下室の壁にステーキの肉汁で書いた《絶対にゆるさない。マツダイまでたたってやる》という文字は、そのまま消さずに残しておいた。

毎朝、目を覚ますとすぐ、僕は壁に掛かった雄牛の絵を眺める。夜、眠る前にも、それを眺める。そして思う。

――精肉業者だった画家はいったい、どんな理由があって自分の腹を果物ナイフで突き刺したのだろう？　死ぬまでの2日間、腹から血を流し、激痛に喘《あえ》ぎ、迫り来る死を感じながら、いったい何を考えていたのだろう？

家畜を解体することを商売にしていた彼と、胎児を殺すことを仕事にしている僕とは、本当にとてもよく似ている。

1.

午前5時半――。

枕元のアラームが鳴る前に目を覚ます。

暑い。エアコンはつけたままなのに、全身にびっしょりと汗をかいている。ベッドから出てベランダに向かう。窓を開ける。こんな早朝にもかかわらず、たちまちムッとするほどの熱気と、生臭い潮の香りが室内に流れ込んで来る。慌てて窓を閉める。きょうも暑い1日になりそうだ。7月もまだ初旬だというのに、いったい今年はどうしたというのだろう？

この時季、もうポルカは餌をねだりに来ない。それは少しさみしいけれど、心配はしていない。たぶん今ごろは繁殖活動に忙しいのだろう。1週間ほど前、朝のジョギングの途中で、すぐそこの公園にポルカらしきハシボソガラスが地面をつついているのを見かけた。大丈夫。いつものように、秋が終わる頃にはまたこのベランダにやって来て、ドッグフードをねだるに違いない。

それにしても今年は暑い。梅雨はもう明けてしまったのだろうか？

いつものように朝のジョギングに出掛けるつもりだったが、あんまり暑いので今朝はやめることにする。汗で湿ったパジャマを脱ぎ捨てて洗濯機に突っ込み、シャワーを浴びるために浴室に向かう。途中でアンプのスイッチを入れる。

今朝もスピーカーから軽やかにモーツァルトが流れ始める。

2.

久しぶりに車で通勤する。

356ポルシェにはエアコンがないので夏場はめったに乗らないのだが、たまにはエンジンをかけてやらなければならない。真夏の日射しが40年前の車の塗装によくないことはわかっているが、本館の地下駐車場に停めておけば大丈夫だろう。

クリームイエローの車をゆっくりとガレージから出す。曲がりくねった狭い路地の途中で車を停め、あのアパートの2階のベランダを見上げる。

よかった。今朝は女の子の姿が見えない。

だが、母親の虐待がやんだわけではない。つい先日の晩も僕が病院から帰宅した時、あの顔色の悪い女の子がベランダで啜《すす》り泣いているのを見かけた。まったく、あの母親は子育てを折檻《せっかん》することだとでも考えているのだろうか？

心配なのは女の子のことだけではない。

僕はこの頃、ジョギングの途中で見かける、繋《つな》がれたままの雑種犬のことをとても気にかけている。そのボサボサの毛をした雄の雑種犬が1m足らずの錆《さ》びた鎖に繋がれ、崩れかけた犬小屋の脇に置かれた洗面器の飲み水が濁り、食べ残した残飯にハエがたかっていることを、とても気にかけている。犬の周囲には糞尿《ふんにょう》の悪臭がムッとするほど強く立ち込めている。それは飼い主が犬をまったく散歩に連れて行っていないという、何よりの証拠だ。どんなに天気のいい日でもあの犬には太陽が当たらず、雨が降れば粗末な犬小屋の床は水浸しになってしまう。今の季節にはフィラリア原虫の媒体となる蚊が無数に襲いかかる。それなのに、あの犬の行動範囲は半径1m足らずの小さな円の中に限定され、どこにも、絶対に、逃げ出すことができない。

特にフィラリアは犬にとって命にかかわる大敵だが、あの犬がすでにフィラリアに冒されていることは疑う余地もない。内臓を吐き出そうとでもするかのような、あの咳《せき》をきけばわかる。飼い主はいったいどういうつもりなのだろう?

まったく、世の中はイライラすることばかりだ。

そんなことを考えているうちに病院に着く。警備員に会釈してから、ポルシェを本館の地下駐車場に入れる。今朝は珍しく、もう院長が出勤して来ているようだ。純白のシボレー・コルベット・スティングレーが停めてある。

僕は院長の車のセンスに呆《あき》れながら、小さな356ポルシェを院長の巨大なコルベットの脇に停める。額に噴き出た汗をハンカチで拭《ぬぐ》い、またあの茶色の雑種犬のことを考える。

3.

「古河先生、お誕生日、おめでとうございます」

　エアコンの効いた新館に入るとすぐに、看護婦の小山美紗が声をかけて来た。その言葉で僕は初めて、きょうが自分の31回目の誕生日だったことを思い出した。

「ああ、ありがとう……自分でも忘れてたよ。小山さん、よく覚えてたね？」

　僕がそう言って笑うと、小柄な小山美紗は「古河先生のことなら、何でも覚えてます」と言い、顔を赤くして行ってしまった。

　更衣室で着替えを済ませ、窓辺のデスクに向かう。強い日射しに光るソメイヨシノの葉をぼんやりと眺めていると、制服のスカートを膝上《ひざ》20㎝に仕立て直した石橋裕子がコーヒーとクッキーの乗ったトレイを持ってやって来た。

「おはようございます、古河先生」

　そう言いながら、僕のデスクにコーヒーカップとクッキーの載った皿を置いていく。

「おはよう、石橋さん……あの、いつも言ってるけど……コーヒーは自分でいれるから、いいんだよ」

「ええ、でも、きょうは先生のお誕生日だから……おめでとうございます」

「ああ……ありがとう」

「31歳ですよね？」

「よく知ってるね？　もうすっかりオジサンだよ」

「そんなことないですよ。先生、すっごく若々しくてかっこいいですよ」

お世辞だとはわかっているが、若くて美人で、脚の綺麗《きれい》な石橋裕子に言われると悪い気はしない。

スピーカーからはラヴェルのボレロが響いている。クッキーを齧《かじ》り、またあの雑種犬のことを考える。

4．

——午前9時。

手術室を兼ねた診察室に入ってきたのは、シックな夏物のスーツを着た女性と、チェックのミニスカート姿の髪の長い少女だ。手元の書類によれば、ふたりは母と子で、母親は42歳。娘は16歳。横浜の根岸《ねぎし》からやって来たらしい。

「どうされました？」

まだあどけなさを残した少女の顔を見つめ、穏やかな口調で僕はきく。

「はい。それが、先生。実は……娘が……妊娠したようで……」

少女にきいたはずなのに、しっかりと化粧をした気の強そうな母親が答えた。おそらく若い頃はかなり美しかったのだろう。42歳になった今でも、その面影は充分に残っている。

「生理が遅れてるんですね？」

僕はそれとなく、少女の体を観察してみる。

「……それが……遅れてるっていうか……」

母が言いづらそうに話し出す。「……そのう……市販の妊娠検査薬を使ってみたんです……そうしたら……あの……」

「陽性という結果が出たんですね？」

僕の言葉に母親が頷《うなず》く。娘のほうは身じろぎもしない。診察室に入って来てからずっと、僕の後ろのピンクのカーテンを無表情に見つめている。

「最後に生理があったのはいつですか？」

僕は娘にきくが、娘は僕の顔を見ようともしない。母親が厳しい顔で娘を見つめ、「彩《あや》ちゃん、最後の生理はいつなの？　いつから生理がないの？」と問い詰めている。だが、娘は相変わらず僕の後ろのカーテンを見つめるばかりで何もしゃべらない。

「……すみません……あの……はっきりしたことは……」

薄いストッキングに包まれた骨張った脚を組み替えて、母親が言う。彼女が体を動かすたびに甘い香りが漂って来る。

「体がだるかったり、頭痛がしたり熱っぽかったり、つわりがあるというようなことはありますか？」

もちろん、娘は無言のままで、代わりに母親が答える。

「あのう……娘はこの頃、自室にこもりっきりで……わたしも仕事が忙しくて……あの……気づきませんでした……」

「そうですか？　詳しいことは検査してみますけれど……彩さんには妊娠するような、そういう心当たりはあるんですね？」

僕はもう1度、娘にきいてみる。だがもちろん、娘は何も答えない。今度は母親も答えない。ただ、困ったように僕と娘を交互に見つめるだけだ。

僕も困った顔をして、少しだけ笑ってみせる。

「それじゃ検査してみましょう。あの……お母さんは、待合室のほうでお待ちください。検査が終わったらお呼びしますから……」

母親が診察室から出て行くと、それまで無表情だった娘の顔に急に表情が戻った。それは不安で頼りなげな、ごく普通の少女の顔だった。

「あの……先生……最後の生理のことだけど……」

「教えてくれるのかい？」

少女は小さく頷き、僕にそれを教えてくれた。驚いたことに、それは半年近くも前のことだった。

「それじゃあ、もう6カ月になってるよ」

「……うん。わかってる」

「つわりはあった？」

「うん……すごく気持ち悪かった」

「お腹の中で赤ちゃんが動くのがわかる？」

「うん……わかる」

かわいらしい顔で少女が頷く。グロスを塗った唇が艶《つや》やかに光る。

「相手の男の子はボーイフレンドなの？」

「……うん。高校の先輩」

「その子は何て言ってるの？」

「困ったなって言うだけ……」

そう言って、少女は目を伏せた。

「そうか？　それで……君はどうしたいの？」

「わからない……でも、お母さんは堕《お》ろしなさいって……」

「お父さんは？」

「……まだ知らないと思う」

少女の顔に、道に迷った幼い子供のような表情が浮かんだ。

丸めてしまえば手の中に隠れてしまうほど小さなショーツを爪先から抜き、少女はためらいがちに診察台に横たわった。柔らかそうな唇を舌の先で嘗《な》め、淡くマニキュアをした指でめくれ上がったミニスカートの裾《すそ》を直す。

　僕は少女の足のほうに回り、ベッドの中央に取り付けられた小さなカーテンを閉める。もう僕に見えるのは少女の細い素足と、チェックのミニスカートだけだ。

　そっと手を伸ばし、少女のスカートをまくり上げる。淡い陰毛が剝《む》き出しになり、少女の腿《もも》の筋肉がこわばる。

「大丈夫。力を抜いてください」

　そう言いながら、少女の骨張った足首を1本ずつ摑《つか》み、両足を大きく左右に開かせ、足首を高い位置にある固定器具に乗せる。鮮やかな色をした性器が、眩《まぶ》しいほどの光に照らし出される。

「痛かったら言ってください」

　僕が言い、カーテンの向こうの少女が小さな声で「……はい」と答える。

　少女の性器の前に屈《かが》み込む。細い陰毛を指先でそっと掻《か》き分け、頸管《けいかん》拡張機の先端をピンク色の膣口《ちつこう》に突き刺す。ゆっくりとそれを押し開く。瞬間、少女の口から微《かす》かな声が漏れ、小豆《あずき》色の肛門《こうもん》がまるでイソギンチャクのようにきゅっと収縮した。

「痛い？」

　僕はカーテンの向こう側の少女にきく。

「はいっ……いえっ……大丈夫です」

僕はさらに膣口を押し開いていく。少女が小さな尻《しり》を浮かし、腿の内側の筋肉がプルプルと震える。

5.

母親が診察室に戻って来ると、少女の顔から再び表情が消えた。水槽の光に照らされて、その顔はわずかに青ざめて見える。

「妊娠6ヵ月、23週です」

椅子に座った母親に僕は言った。

母親は僕の宣告をきくと、低く呻《うめ》いて目を丸くした。

「ですから、もう中絶手術することはできません」

「何ですって？……中絶できないですって？」

母親がまた呻くように言う。

「はい。母体保護法という法律によって、人工妊娠中絶手術ができるのは21週と6日目までと決められているんです」

「そんな……本当にできないんですか？」

「はい。22週以降の胎児を中絶すれば、殺人罪に問われることになります」

母親は天を仰ぎ、細く白い喉《のど》が喘《あえ》ぐように動く。

「先生……それは困ります……そんなこと、絶対に困ります」

母親はすがるような眼差しで僕を見つめて言う。「だって先生、考えてみてください。この子は、まだ16歳なんですよ。まだ高校1年生で、これから人生が始まるんですよ。それなのに……赤ちゃんを産むだなんて……そんなこと、絶対にできません」

「ですが、これは法律なんで、僕にはどうしようもないんですよ」

母親はルージュを塗った唇を噛《か》み、無言で僕の顔を見つめた。娘の顔は能面のままだ。

僕はふたりから視線を逸《そ》らし、壁際に置かれた熱帯魚の水槽に目をやる。ハイフィン・ハイフォーム・コバルト・ターコイズと呼ばれるタイプの青く美しいディスカスが5匹ほど、楽しそうに戯れながら水槽を横切って行く。

「あのう……先生……ご相談なんですが……」

沈黙を破ったのは母親だった。母親は組んだ脚を元に戻し、薄いストッキングに包まれた膝頭を揃えてから、僕の顔色を探るように切り出した。

「あのう……妊娠21週目までなら……その……中絶はできるんですよね？」

「すでに胎児がかなりの大きさに育っているんで大変な手術になるはずですが、可能ではあります」

「……でしたら……先生……」

そこまで言って母親は声をひそめた。「先生のお力で……娘の妊娠は、まだ21週だったということにしていただけないでしょうか？」

僕はムラなくファンデーションの塗り込められた母親の顔を見つめる。

「娘が妊娠23週だっていうことは先生しか知らないわけですし……どうでしょう？　まだ21週だったということにして中絶手術をしてもらえないでしょうか？」

僕は無言で母親の顔を見つめ続ける。

「娘はまだ高校1年生なんです。赤ちゃんを産めるような立場ではないんです……おわかりですよね？……もし、そうしていただけるなら正規の料金のほかに……」

「そんなことはできません」

僕は言った。

「できない？」

母親が挑むように僕を見つめる。

「できません。できるわけがないじゃないですか？　今、話しているのは犬や猫の子のことじゃないんですよ。娘さんのお腹の中にいるのは、あなたのお孫さんなんですよ……23週といえば、もう眉毛《まゆげ》や睫毛《まつげ》も生えて顔付きもはっきりしているし、聴覚が発達して、こうして僕たちが話している声をきくこともできるんです。もちろん、男の子だか女の子だかもわかります。そんな赤ちゃんを殺すことはできません」

「じゃあ、どうして21週ならいいんですか？」

母親がヒステリックな声を上げて反論する。

「どうして21週の胎児は中絶できて、22週だと中絶できないんですか？　そんなの、おかしいじゃないですか？」

「おかしいって言われても……」

僕は答えに窮して言いよどむ。

「……母体保護法という法律で……そう決まっているんです」

「それじゃあ、先生は、どうしても手術はできないとおっしゃるんですね？」

僕は無言で頷く。

「わかりました。もう、けっこうです」

母親はそう言い捨てて立ち上がった。ぼんやりと視線をさまよわせる娘の腕を取り、

「彩ちゃん、帰るわよ」と言って椅子から立ち上がらせた。

「これで失礼させていただきます」

母親はそう言うと、娘を引きずるようにして診察室を出て行った。僕は、ハイヒールの靴音を響かせて診察室を出て行く母親の後ろ姿と、おぼつかない足取りで歩く女子高生の後ろ姿をぼんやりと見送った。

「あのふたり……きっと、よその病院を当たってみるつもりなんですよ」

新館の看護婦の中でいちばん若い鈴木詩織が、医療器具を乱暴に片付けながら言った。

「まったく頭に来る母親ですね。赤ちゃんの命をどう考えてるんですかね？」

鈴木詩織は、アイドル・タレントのようなかわいらしい顔に怒りを浮かべて、同意を求

めるかのように僕を見る。

僕は鈴木詩織に曖昧《あいまい》に笑い返した。

鈴木詩織の言うように、ふたりは別の産婦人科医院に行くのかもしれない。そして、その担当医にいくらかの金を渡し、娘の妊娠が21週だったという嘘のカルテを書かせようとするのかもしれない。

だが、その医師がそんな話に同意するかどうかは、僕の知るところではない。

窓辺のデスクに戻り、有線放送のドビュッシーをききながら、コーヒーを飲む。

母親に毎日のように虐待されているあの幼い少女と、鎖に繋《つな》がれたままの雑種犬のことをまた考える。

6.

水蒸気で白っぽくなった夏空と巨大な入道雲が見える。5㎝ほど開いた窓から熱い真夏の風が吹き込み、デスクの上の書類のページをパラパラとめくっていく。風からは潮の香りに混じって、コパトーンの匂いがする。たぶん、すぐそこの海岸に通じる道を、水着姿の少女たちが歩いて行ったのだろう。

ぼんやりと、あの女子高生のことを思い出す。ついさっき、診察室を訪れた妊娠23週の女子高生のことではなく、かつて僕があの地下室で殺した17歳の女子高生のこと。そう。

僕は、女子高生殺しの経験さえある連続殺人鬼なのだ。

あれはもう、2年以上も前のことになる——細い首にロープを回され、地下室の天井から吊り下げられた全裸の少女の死体は、巨大なテルテル坊主のようにも見えた。

相模湾《さがみ》の海底に沈んでいるはずの17歳の女子高生の華奢《きゃしゃ》な肉体や、死んだ少女の漏らした尿が紫色のペディキュアの先から地下室の床にポタポタと滴っていたことなどをぼんやり思い出していると、都内まで外出しているはずの院長から電話が来た。

『もしもしリョウ。お誕生日、おめでとう』

「ありがとうございます……覚えててくれたんですか？」

僕は受話器を握って頭を下げる。院長はどうやらタクシーの中にいるらしい。

『忘れるわけないでしょ？　実は今夜はそっちに戻れそうにないのよ……せっかくのお誕生日なのに、ごめんね』

「いいんですよ、そんなこと。気にしないでください」

『本当は今夜、どこか洒落《しゃれ》たお店でお祝いしてあげたかったんだけど……この埋め合わせはきっとするから。本当にごめんね』

「本当に気にしないでください。もう誕生日を祝う年じゃありませんから」

そう言って笑いながら、窓の外を見る。

入道雲がゆっくりと動いている。

3年前の春の初めに中絶手術の専門病棟である新館が完成した時、誰がその責任者を引き受けるかで随分と揉《も》めた。当然のことだろう。殺人を商売にしたいと思う医師など、どこにもいない。『湘南《しょうなん》マタニティ・クリニック』に勤務するすべての医師がそれを断ったあとで、最年少の医師である僕が院長室に呼ばれた。

「誰も引き受けてくれないの。それで、というわけでもないんだけど……古河先生、引き受けてくれないかしら？」

あの日、院長室の窓辺のソファで、淡いグリーンのパンツスーツを着た院長は僕の目を見つめて言った。口元には堅い微笑みが浮かんではいたけれど、その口調はいつものように事務的で、依頼というよりは業務命令といった感じだった。

「そうですね……」

僕は院長の大きな目を見つめ返した。院長はすでに50歳になっていたはずだが、僕にはとても魅力的で、とても官能的に思われた。そう。あの日、初めて、僕は院長をセクシーだと思った。年上の女性にそんなふうに感じたことは、それまでないことだった。

「引き受けるのはかまいません。ただし……」

「ただし？」

院長の顔から微笑みが消えた。

「ひとつだけ、条件があります」

僕はアイラインとアイシャドウで丁寧に縁取られた院長の目や、目元や口元の小皺《こじわ》を見つめて言った。

「条件？」

院長は挑むような視線で僕を見つめ返した。「……言ってみて」

僕は院長の唇を見つめ、笑わずに言った。

「……今度、夕食を奢《おご》ってください」

一瞬、院長は驚いたように目を見開いた。それから——院長の顔に、さっきまでとは別の優しい微笑みが広がった。


そんなふうにして院長と僕は一緒に夕食をとり、やがて恋人同士になり……僕は胎児を殺すのを仕事にするようになった。確かに楽しい仕事ではない。だが、それを後悔したことは、1度もない。

窓の外の入道雲を見る。

相模湾の海底に沈む17歳の女子高生のことを考える。

7.

——午後4時半。

新たな患者が来る。

目の前に座った女を見た瞬間、僕の心臓が高鳴った。

根元のほうが黒くなりかかった長い金色の髪。座っていても臍《へそ》が見える白いノースリーブのタンクトップ。黒いフェイクファーのマイクロミニ丈のスカートに、フワフワしたフェイクファーの飾りの付いたミュール。

――僕の近所のアパートの2階で、幼い娘を毎日のように虐待している、あの女に違いなかった。

「どうなさいました？」

糸のように細い目と、上を向いた小さな鼻。薄い唇。吊り上がった形に描いた細い眉《まゆ》。女は貧相な顔に、ごってりと濃く化粧を施している。どうやら、僕が近所に住んでいるということには気づかないようだ。

「あの……生理が遅れてて……たぶん、妊娠したんだと思います」

「なるほど。最後の生理はいつなんですか？」

女が剝《む》き出しの細い脚を組む。安っぽい香水の匂いが強く漂ってくる。女の手の爪にはコバルト・ブルーのマニキュアが塗られ、足の爪には赤のペディキュアが塗られている。

「ええっと、2カ月ぐらい前……たぶん5月の10日頃だったと思います」

「それじゃ、もし妊娠だとすると、もう9週ぐらいにはなってるはずですね。つわりはありますか？」

「ええ……あります」

「それじゃ、ちょっと胸を見せてください」

「……はい」

女がぴったりとしたタンクトップをまくり上げ、厚いカップの入った黒いブラジャーのホックを外す。痩《や》せた体に比例するような貧弱な乳房が剝き出しになる。

「乳首が黒ずんできたり、敏感になったように感じることはありますか？」

「敏感？　わたしは、いつだって敏感ですから」

そう言って女が、媚《こび》を含んだ目で僕を見て笑う。

もちろん、僕は笑わない。

「胸が張るように感じることはありますか？」

そうききながら、僕はもう1度女の顔を見つめる。

「いいえ。特には……」

心の中で僕は、慌ただしく計画を練り始める。

女の名は宇都木《うつぎ》亜由美《あゆみ》。23歳。夫も同い年で、土建業に携わっている。結婚したのは4年前で、夫婦には沙弥加《さやか》という4歳の娘がいる。驚いたことに女には過去に2度の中絶経験がある。

診察の結果、女は妊娠9週だった。

僕がきき、女は長い金髪をかき上げながら、「堕《お》ろしてください」と言った。

「どうなさいます？」

「あの……失礼ですけど、それはご主人の同意も得られていますか？」

「ええ……まあ……」

「あの……理由は？」

「経済的理由です」

女は慣れた感じでそう言った。

日本では基本的に中絶は禁止されている。ただし、母体保護法は『妊娠・出産が身体的または経済的理由で母体の健康を著しく損なう』場合、または、『暴力・脅迫などによるセックスでの妊娠』については例外を認めている。この国でもっとも多い中絶理由は避妊の失敗によるものなのだが、たいがいはそれを、『経済的理由』という母体保護法の条件を拡大解釈して中絶を行っているのだ。

「以前に中絶した時、何かトラブルはありましたか？」

「別に……何もありませんでした」

僕は手にした書類を机の上に置き、再び女の貧相な顔に視線を戻す。

「ご存じだと思いますが、何度も中絶を繰り返すのは体によくないんですよ。ちゃんと避妊はしていますか？」

「ええ……まあ……でも、夫がコンドームは嫌だって言うんで……つい……」

女はアイラインとマスカラで精一杯大きくした細い目で、上目遣いに僕を見つめる。

「そうですか？　だけど、そう何度も中絶を繰り返すと、欲しい時に赤ちゃんが産めなくなる可能性がありますよ」

「あ、それなら大丈夫。もう子供は欲しくないんです。子供なんてひとりだけで、もう充分ですから」

自慢らしい金髪をかき上げて女が笑う。

「わかりました。それでは、手術はいつにしましょうか？」

しかたなく僕は言う。「当院では手術の前日に1日入院していただくことになってるんですが……」

「その入院は絶対に必要なの？」

「はい。手術の前日に子宮口を広げるための処置をするんで、そういうことになってるんです」

「……それじゃあ……明後日、入院してもいいかしら？」

「明後日ですか？……はい。けっこうです。入院する時に、胎児の父親の署名・捺印《なついん》がされた人工妊娠中絶同意書をお持ちになってください」

「胎児の父親？……いったい誰なのかしら？」

そう言って女がまた金髪をかき上げて笑う。もちろん、僕は笑わない。

診察室を出て行く女の背中に流れる金色の長い髪や、マイクロミニのスカートから突き出した棒のような脚を眺める。

僕は心の中で、さらに慌ただしく考えを巡らせる。

8

アメリカ先住民のシャイアン族は、これから生まれる子供でさえも一族の一員であるとみなした。そのため、中絶は大変な罪になり、部族からの追放という罰を受けた。

南米のアステカ人は、女性の生命が危機にさらされた時以外の中絶を重罪だと考えた。

古代朝鮮の法律では、強姦《ごうかん》による妊娠は終わらせても違法とはならなかった。

台湾の先住民では、まだ名前の付いていない子供を両親が殺す権利をもっていて、2～3歳の子供たちがしばしば殺された。また、一定の年齢に達していない娘が妊娠した場合には中絶手術が施された。

紀元前1世紀のローマでは、暗殺者と毒殺者を取り締まる法律が堕胎薬を売った者にも適用された。もしその堕胎薬で母親が死んだ場合には、薬を売った者は死刑に処せられた。

6世紀のスペイン（西ゴート王国）では、中絶を引き起こす薬物を与えた者はすべて死刑に処せられた。7世紀には堕胎施術者と、中絶を命じたり許したりした夫は両者ともに処罰され、処刑されるか、盲目にされたという。

9

——午後6時。

本館の地下のガレージの、院長の純白のコルベットの隣からクリームイエローの356ポルシェを出す。

あれほど強かった日射しも、今は随分と優しくなった。気温はまだ充分すぎるほど高いが、海辺の街には気持ちのいい風が吹きわたっている。

せっかくの誕生日だ。久しぶりにドライブしてみるのも悪くはない。僕は車をまっすぐ、海岸線に向かわせる。

海沿いの湘南海岸道路は相変わらずひどい渋滞だ。だが、急ぐわけではないので気にならない。左に黒松の防砂林を眺めながら、ゆっくりと大磯方面に車を走らせる。時折、防砂林のあいだから、砂浜と海がチラリチラリと見える。その向こうにはぼんやりと、大島の島影が見える。

信号で止まる。ヘッドレストに後頭部を預けて水平線をじっと見つめる。

夕暮れの海は黄金色に輝いている。それは海には見えない。まるで光の帯だ。砂浜には水着姿の若者たちが、まだたくさん残っている。いっぱいに下ろしたサイドウィンドウから生ぬるい風が吹き込み、コパトーンの甘い香りが車内に満ちる。

　脇の歩道に目をやる。ボディ・ボードを抱えたビキニの少女たちが5〜6人、渋滞する車の脇を追い越していく。少女たちの体はどれも、小麦色にツヤツヤと光っている。そんな少女たちのひとり――白いストリング・ビキニの少女が、ポルシェのハンドルを握った僕に手を振っていく。少女の細い腕で金のバングルが眩《まぶ》しく輝く。

　信号が青に変わる。手を振った少女に微笑んでから、静かにアクセルペダルを踏む。背後に積んだ水平対向空冷4気筒エンジンが一気に噴き上がる。

　車が花水川《はなみず》橋に差しかかり、白いカモメがフロントガラスのすぐ前を飛んでいった時、僕は突然、自分の17歳の誕生日を思い出した。

　今からちょうど14年前、高校2年生だった17歳の誕生日――そう。あの日、僕は100m自由形を単泳で練習中に高校新記録を出したのだ。

　僕のタイムを計測していた女子マネージャーの、「新記録よっ！　古河クンが高校新記録を出したわっ！」という叫び声に、プールの周りは大騒ぎになった。

　騒ぎを聞きつけた水泳部の顧問はひどく驚きながらも、計測した女子マネージャーの測り間違いか、ストップウォッチが壊れているかのどっちかだと断言した。「古河に、そんなタイムが出せるわけがないじゃないか？」と。

　もちろん、あの時の顧問の判断は正しかったはずだ。あの日、僕が出したタイムはこれまでの僕の最高記録を5秒近くも上回っていたのだから。

そう。あれは女子マネージャーの計測ミスだった。あるいは、ストップウォッチの故障だった。それは間違いない。

だが、あの時。17歳の誕生日だったあの日――僕が掌の中にしっかりと摑《つか》んだ水の感触の確かさは忘れられない。そう。あの時のそれは、生まれてから僕が実感できた、ただ1度の確かさのように思えた。

あの日、あの瞬間、僕の掌の中で、僕の体を前へ前へと押し進めようとしていた水の感触の確かさ――僕の体は水に溶け込み、プールの底は信じられないほどの速さで後方に動いていった。僕は水を確かに味方につけていた。そんな確かさを感じたことは、17年の人生で1度もなかった。

その後、顧問や部長やほかの大勢の水泳部員たちが見守る中で、何度も何度も僕の100m自由形のタイムが測り直された。だが、僕の記録が再び高校新記録を超えることはなかった。それに近づくことすらなかった。そして……もう僕が再び、あの感触の確かさに出会うこともなかった。

海からの風が髪をなびかせていく。

――あれから14年の歳月が流れた。けれど、きょうまで、僕があの感触の確かさに再び出会うことは、もうなかった。たぶん……これからも、ないだろう。

僕は黒革の巻かれたポルシェのハンドルを握り締めた。

10.

──午後10時。

熱海《あたみ》までドライブし、寂《さび》れた食堂でひとりでビールを飲み、食事をし、温泉に入ってから平塚《ひらつか》に戻る。

いつものように曲がりくねった細い路地を通り抜けると、僕の自宅の門のところに白いタンクトップを着た金髪の女がしゃがんでいるのが目に入った。

再び、僕の心臓が高鳴った。

ポルシェのヘッドライトに照らし出されたのは、あの女──毎日のように4歳の娘を虐待し、明後日、僕の手によって彼女の3回目の人工妊娠中絶手術を受けることになっている、あの女だった。

こんな幸運があっていいのだろうか？

女の脇で車を停める。「こんばんは」と声をかける。

しゃがんで俯《うつむ》いていた女は、僕の声に顔を上げた。ファンデーションの塗り過ぎで、顔が歌舞伎役者のように白い。女はどうやらひどく酔っ払っているようだ。一瞬、僕が誰だかわからない。それからようやく思い出し、「あら……先生なの？　こんばんは」と、ロレツの回らない口調で言って笑う。女の吐き出した息はひどく酒臭い。

「宇都木さん……でしたよね？　こんなところで、何をしているんですか？」

僕はできるだけ爽《さわ》やかに微笑む。

「……ちょっと酔っ払って、気持ち悪くなっちゃって……でも、もう大丈夫」

女の答えをききながら、僕は慌ただしく考えを巡らせる。素早く辺りを見まわす。幸いなことに、狭い路地には人影がない。

このチャンスを逃す手はない。

女はポルシェの磨き上げられたボディに手を突いてフラフラと立ち上がる。踵《かかと》の高いミュールがグラつく。

「すっごい車ね。これ、何？　フェラーリ？」

「356ポルシェっていう大昔の車ですよ」

「へえ？　これがポルシェなんだ」

手の甲で口を拭《ぬぐ》いながら、女が車を眺めまわす。「先生、近くに住んでるの？」

「近くって……ここですよ」

僕はまた爽やかに笑う。

「ここ？」

「そう。ここが僕の自宅です」

「あら……先生んちの門のところで吐いちゃって、ごめんなさい」

「別にかまいませんよ。どうです……せっかくだから、うちでコーヒーでも飲んでいきませんか?」

女はほんの少し、考える素振りを見せる。それから、「じゃあ、そうさせてもらおうかな?」と媚《こび》を含んだ目で僕を見つめて笑う。

僕はダッシュボードからスタンガンを取り出してポケットに忍ばせる。それから車を降り、右側のドアを女のために開けてやる。

女が車に乗り込む。ただでさえ短いスカートがさらにせり上がり、細い腿《もも》が剝《む》き出しになる。

助手席に女が座ったのを確認してから運転席に戻る。車を門の中に進ませ、リモコンを使って電動ガレージのシャッターを上げる。ガレージの中に車を停めてエンジンを切る。再びリモコンでガレージのシャッターを閉めてから、ポケットに手を入れ、スタンガンを握り締める。

11.

僕のすぐ目の前、古い鉄製のベッドには、金髪の痩《や》せた女が俯《うつぶ》せに縛り付けられている。ベッドの下には女の体から剝《は》ぎ取られた衣類が散乱している。黒いフェイクファーのマイクロミニ丈のスカート。黒いレースのブラジャー。黒のミュール。引き裂かれたタンクトップの白い切れ端。

女を裸にしたのは、もちろん、性的な目的からではない。ただ、これから僕のすることを、さらに効果的にするためだ。それだけだ。

妊娠9週の女は背中を剝き出しにし、小さな尻《しり》を申し訳程度に隠した黒い三角形のショーツだけを身に着け、水面に浮かぶアメンボウにそっくりの格好でベッドにがっちりと固定されている。自慢の金髪を頭の周りに広げ、濃く化粧した顔をマットに押しつけて目を閉じている。貧弱な乳房が、胸とベッドマットのあいだに、まるで軟式テニスのボールのように押し潰《つぶ》されている。

死んでいる？　いや、もちろん、死んではいない。ついさっき、女の尖《とが》った肩甲骨に耳を押し当てた時、はっきりと心臓の鼓動が聞こえた。

さあ、儀式の始まりだ。

僕はズボンから革のベルトを引き抜く。バシッ、バシッ、と両手でしごいてから高く振り上げる。

腕を振り下ろすと、ベルトが空を切るビュッという音が密室に響いた。

ひとつだけ、はっきりとさせておこう。

僕は正義漢を気取っているわけではないし、誰かに——たとえば胎児たちに——代わって、悪人たちに罰を与えているつもりでもない。

そんなつもりは、まったくない。

――ただ、きょうまでに1100人以上の胎児を殺している僕は、人を殺すことに慣れているだけだ。そうだ。僕はただの連続快楽殺人犯なのだ。それだけだ。

自分の行為を正当化する理由はひとつもない。そんなものは、欲しくもない。

「目を覚ましなさい、宇都木さん」

女の剝き出しの背中を見下ろしながら、そう声をかける。

だが、女はピクリとも動かない。

「目を覚ましなさい」

もう1度、声をかける。だがスタンガンの衝撃で意識を失った女は、やはり目を覚まさない。女が身に着けた唯一の衣類――網のようなレースのショーツの向こうに、尻の割れ目が完全に透けて見える。

まあ、いいだろう。いつまでも眠り続けていられるわけがないのだから。

僕は革のベルトを高く振り上げる。密室の空気を引き裂きながら、それを女の剝き出しの背中目がけて振り下ろす。

最初の一撃が華奢《きゃしゃ》な背に打ち降ろされた瞬間、女は意識を取り戻した。

全身を貫く凄《すさ》まじい痛み――だが女がこの密室に甲高い悲鳴を響き渡らせることはできなかった。あらかじめ僕は彼女が着ていたタンクトップを引き裂き、それを丸めて女の口の中に押し込み、その上からガムテープでしっかりと止めていたからだ。

激痛に目覚めた女は、カッと目を見開き、「ヴむむんっ」というくぐもった呻《うめ》きを漏らした。ベッドの4隅の柱に固定された両手両足を突っ張り、背を弓なりに反らし、体中の筋肉をブルブルと震わせ、長い金髪を激しく打ち振った。

瞬間、女には何が起きているのかがわからない。首をもたげ、必死で辺りを見まわす。そして次の瞬間、自分が近所に住む産婦人科医に拉致《らち》され、裸にされた上に口に何かを押し込まれ、アメンボウのような姿でベッドに拘束されていることに気づく。

凄まじい恐怖が女の全身を走り抜け、声にならない悲鳴を上げる。

「ヴぶぶヴっ……うぶヴっ、ヴヴぶうっ」

骨張った女の手首にナイロンロープが深く食い込み、空気の抜けかかった軟式テニスボールのような乳房が胸の下でさまざまな形に歪《ゆが》む。

「ヴぶぶヴっ……うぶヴぶぶぶっ」

女の足元に立って、僕はそれを冷たく見下ろしている。

女の白い皮膚には、左肩から右の脇腹にかけて一直線に、真っ赤な線が残っている。それを見つめながら、僕は再び黒革のベルトを振り上げる。そして今度は、それを女の太腿の内側目がけて力まかせに振り下ろした。

ベルトが打ち据えられると同時に、腿の内側の柔らかな皮膚に真っ赤な線ができた。直後に、妊娠9週の女の体がのけ反り、硬直した。

「ぐヴヴっ……ヴぶぶヴっ……ヴヴヴヴヴうっ」

僕はベルトを持ったまま、女の顔の前にゆっくりと移動する。女はアメンボウのような姿勢のまま、首だけを亀のようにもたげ、恐怖と驚きと憎しみに満ちた目で、目の前に立った男を見つめた。

「目が覚めましたね」

両手でベルトをしごきながら僕は笑った。「知らない男の人にノコノコついて行っちゃいけないって、小さな時にお母さんから言われませんでしたか？」

「ヴヴヴっ……ヴヴヴヴっ……ヴヴっ……」

女はアイラインで縁取られた細い目を必死に見開いて僕を見つめる。だが、もちろん、その声は言葉にはならない。

「いったい何を期待して車に乗ったんです？　ダメですね。そんなことをしてると、どんなひどい目にあうのか……これからたっぷり、わからせてあげますよ」

僕は再び女の足元に回る。

「さあ、覚悟はいいですね？」

そう言いながら、高く腕を振り上げる。そして今度は、尖って飛び出た、天使の翼のような形をした肩甲骨めがけてベルトを振り下ろした。

革のベルトが打ち据えられると同時に、肩甲骨を分断するかのように新たな傷ができ、瞬間、女が体を激しくねじれさせる。骨張った指で手首を固定したナイロンロープを握り締め、ガムテープの隙間から「ぐぶっ」という絞り出すような呻きを漏らす。

「宇都木さん、きこえてますか？」

女の顔をのぞき込んで僕は言う。

「ヴヴヴっ……ヴヴっ……ヴヴヴヴっ……」

僕を見る女の目からはすでに涙が溢《あふ》れている。

「僕はあなたが娘さん……沙弥加ちゃんでしたね？　その沙弥加ちゃんを虐待しているのを知っています。すぐそこの路地から、それを何度も何度も目撃しました」

「ヴヴっ……ぶヴヴっ……うぶヴぶっ……」

タンクトップの切れ端を口いっぱいに含み、女は嘆願するように僕を見つめている。細い目から溢れる涙が目の下のアイラインやマスカラを溶かし、汗と涙に濡《ぬ》れた頬には金色の髪の束がべっとりと貼りついている。

僕は再びベルトを振り上げた。女の全身が恐怖に硬直するのがわかる。

「ヴヴヴ……ヴヴヴっ」

呻きながら女はベルトの洗礼から逃れようとでもするかのように、痩せた体をいっぱいにねじれさせる。

だが、そんなことは何の役にも立たない。

ベルトを振り下ろす。

今度はくびれたウエストを分断するかのように真っ赤な線ができ、同時に女が「ヴっ……ヴヴっ」と、くぐもった呻きを漏らす。

僕はひとりごとのように言う。

「まだ寒い頃、沙弥加ちゃんがベランダの手摺《てす》りにロープで縛りつけられて泣いているのを見たことがあります」

ベルトを振り上げ、振り下ろす。

「ヴっ……んぶヴっ」

ブラジャーの跡が残る背の中央に、さっきの線と交差するように赤い線ができる。女の皮膚に筋肉が浮き上がり、それが激しく震える。

僕は呟《つぶや》くように言葉を続ける。

「沙弥加ちゃんが裸で、雨の吹きつけるベランダに立っているのを見たことがあります」

呟きながら、ベルトを振り上げ、振り下ろす。

「ヴヴっ……ヴぶヴっ……ヴヴヴヴっ……」

再び太腿に赤い線ができ、ベッドのスプリングがギシギシと軋《きし》む。女のくぐもった、だが凄絶《せいぜつ》な悲鳴が響く。

僕はまるで台本を棒読みするかのように言葉を続ける。

「僕は沙弥加ちゃんの顔にアザができているのや、沙弥加ちゃんの唇が腫《は》れ上がっているのを見ました。あの子がいつも不安げで、落ち着かない様子をしているのを見ました」

ベルトを振り上げる。渾身《こんしん》の力を込めて、女の体に振り下ろす。

「ヴぶぶっ」

最初の一撃とほぼ同じ場所が打ち据えられ、女が細い体を雑巾《ぞうきん》のようにねじれさせる。額に太い血管が浮き出し、上半身が痙攣《けいれん》するかのようにガクガクと震える。

どうやら、意識を失う寸前らしい。

だが、まだまだやめるわけにはいかない。

僕は言葉を続ける。

「いったい、4歳の沙弥加ちゃんにどんな罪があるんでしょうね？　いちばん信頼したい母親にそんな仕打ちをされたら、子供はいったい、どう感じるんでしょうね？」

ベルトを振り上げ、振り下ろす。

「ヴっ……ヴヴっ」

今度は背骨の窪《くぼ》みに沿って真っ赤な線ができる。ほぼ同時に、女の穿《は》いた黒いショーツの股間《こかん》の部分が濡れ始め、幅の狭い合成繊維の布から溢れた尿が、ベッドマットに小さな染みを作る。

僕は手を止めると女の脇に立ち、金色の髪をぐっと鷲掴《わしづか》みにしてこちらを向かせる。苦痛に歪んだ女の顔は、涙と鼻水と汗でグチャグチャになっている。

「……ぶヴヴうっ……うぶヴ、ヴぶヴっ……ぶぶっ……ヴぶうっ……」

恐怖と怯え。憎しみと怒り。羞恥と屈辱。若い女の目には、それらがないまぜになって混在している。

「あなたはそんな子供の気持ちを考えたことがありますか？　いちばん好きな母親に殴ら

れ、縛られ、つねられ、蹴飛《けと》ばされる子供が、どんなに辛くて、どんなに心細くて、どんなに寂しいか……それをちょっとでも考えてみたことがありますか？」

そうだ。親に虐待され続けた子供の気持ち——僕はそれを知っている。あの女の子にも負けないほどよく、知っている。

僕はまた女の足元に回り、ベルトを高く振り上げる。標本の昆虫のような女の体に、渾身の力を込めてそれを叩《たた》きつける。

「ヴぼっ……ヴぶうっ……うぶっ、ヴヴっ……うぶぶぶっ……」

女が金髪を振り乱し、身をのけ反らす。

ベルトを振り上げ、女の体に振り下ろす。

「ヴぶっ、ヴぶっ……ヴヴヴっ……」

ベッドのスプリングがギシギシと軋み、ベッドの脚がタイルの床を移動する。

ベルトを振り上げ、振り下ろす。

「ヴぶっ……ヴっ……」

ベッドマットを抱いた女の全身が、再び痙攣するかのように震え、引き裂かれた皮膚から血の粒がプップッと吹き出し始める。

ベルトを振り上げ、振り下ろす。

「ヴっ、ヴっ……ヴぶぶぶぶうっ……」

ベルトを振り上げ、振り下ろす。

「ヴヴヴヴっ……ヴぶっ……」

不思議な欲望が自分の中に広がっていくのがわかる。それはとても黒くて、陰湿で、悲しみに満ちた欲望だ。それが、水に落とした墨汁のように果てしなく広がっていく。これはいったい、何なんだろう?

ベルトを高く振り上げ、渾身の力を込めて女の背中に叩きつける。

「ヴヴっ……ヴぶぶぶっ……」

女が呻《うめ》き、僕の中の欲望が喜ぶ。

ベルトを振り上げ、傷だらけになった女の体に振り下ろす。

「ヴっ……ヴぶぶっ……」

女が呻き、汗にまみれた体をねじる。

何かに憑《つ》かれたように、僕はそれを続けた。

12・

革のベルトが骨張った背に何十本目かの赤い線を付けた時、女はついに失神してぐったりとなった。ショーツから溢れた多量の尿のせいで、今ではベッドマットに大きな染みができている。

気絶した女の長い金髪を鷲掴みにして、頬を強く張る。女が朦朧《もうろう》となって目を開く。その目の中に、再び凄《すさ》まじい恐怖が蘇《よみがえ》る。

「今夜はこのくらいにしておきましょう」

化粧がグチャグチャに崩れた女の醜い顔を見つめて言う。「沙弥加ちゃんの痛みが少しはわかりましたか？」

もちろん、女には答えることはできない。ただ呼吸を確保するために大きく鼻孔を膨らませただけだ。

「明日からはもっと面白いことをしますから……覚悟しておいてくださいね」

そう言って、ポケットから取り出したスタンガンを女に向ける。

「……ヴヴっ、ヴヴヴっ……ヴヴヴっぶぶうっ……」

僕が手にしたスタンガンを見て女が激しく身をよじる。さっきガレージに停めたポルシェの助手席で受けた、凄まじい電撃のことを覚えているのだろう。

「ヴヴうっ……ヴヴヴっ、ヴヴヴヴっ……うぶぶぶヴっ……」

だが僕は、哀れな女に同情したりはしない。それどころか、さらに残虐な欲望につき動かされ、女の脇に寄ると、ベッドを軋ませて身悶《みもだ》えする女の首筋にスタンガンを宛てがった。

「ヴヴヴっ！……ぶヴヴっ！……ヴヴう、ヴヴヴぶぶヴヴヴっ！……」

スタンガンをスパークさせる。

瞬間、凄まじい電流が肉体を走り抜け、女はガクガクと激しく震え……そして、動かなくなった。

念のために、今では傷だらけになってしまった女の肩甲骨に耳を押し当てる。息を殺して、耳を澄ます。心臓の鼓動が、確かにきこえる。

女の手を縛ったナイロンロープをほどく。激しい身悶えを繰り返したためだろう。細く骨張った手首には深くロープの跡が残り、擦り剝《む》けた皮膚から血が滲《にじ》んでいる。続いて足首を縛ったロープをほどく。アキレス腱《けん》の浮いた足首にもやはり血が滲んでいる。

女の口を覆ったガムテープを剝《は》がし、口からタンクトップの切れ端を取り出す。首筋にはスタンガンによる火傷《やけど》のあとが、はっきりと残っている。

鉄格子から出て、錠前に鍵《かぎ》を掛ける。四角い地下室を、出入口の扉に向かって歩く。女のいる鉄格子の中の電灯だけを残して部屋の明かりを消す。

2階に戻ってモーツァルトのグランパルティータをかける。シャワーを浴びてからパジャマに着替えてベッドに入る。外では強い風が吹いている。明かりを消す前に壁に掛かった油絵の雄牛をじっと見つめる。それから明かりを消し、目を閉じる。

暗がりでグランパルティータをきいていると、ふと、母のことを思い出した。

……僕の母……とても機嫌がいい時、母は僕を猫かわいがりした。ごく稀《まれ》にではあるが、僕の体を抱き締めて頰擦りしたり、ルージュをたっぷり塗った唇で、まるで恋人にするように僕の口にキスをしたりもした。

だが、反対に、機嫌が悪い時は意味もなく僕を怒鳴りつけ、体のあちこちをつねったり、ぶったり、蹴飛ばしたりした。ボクシングのように拳《こぶし》で殴りつけることもあった。そして、さらに母の機嫌が悪い時は……。

いや、思い出すのはやめよう。

僕は頭を空っぽにして、グランパルティータの調べにきき入る。356ポルシェの水平対向空冷4気筒エンジンのエキゾーストノートを思い出す。車の窓から吹き込んで来た潮の香りや、少女たちが小麦色の体に塗っていたコパトーンの匂いを思い出す。

やがて——優しい眠りがやって来た。

13.

——午前5時半。

ベッドを出て、窓の外に目をやる。

空を覆った鉛色の雲が、北へ北へと流れていく。緑色をした木の葉がクルクルと舞い飛び、太い電線が風に震えている。風が吹きつけるたびに、アルミの窓枠がガタガタと音をたてる。

天気予報のとおり、今年初めての大きな台風が近づいているらしい。

だが、まだ雨は降っていない。素早くランニングウェアに着替え、1階のガレージに向かう。ポルシェの脇で一瞬、立ち止まり、地下室に向かう階段を見つめる。女に食事をさせなくてはならない。だが、ランニングから戻ってからでもかまわないだろう。

ガレージの電動シャッターを開ける。強い風の中を、海に向かって走り始める。

曲がりくねった路地の途中で、あの女のアパートの窓を見上げる。あの女の部屋には明かりが灯《とも》っている。

沙弥加という名の女の子はどうしているだろう？　今朝はもう食事をしたのだろうか？

僕は立ち止まらずに走り続ける。

花水川の河口から、帰りは別の道を通って自宅に向かう。いつものように、あの雑種犬が繋《つな》がれた家の前を通る。生け垣のところで立ち止まり、「ブラッド」と低く呼ぶ。崩れかけたボロボロの小屋の中にうずくまっていた茶色の犬は、僕の呼びかけに目を開いた。ヨロヨロと立ち上がり、僕に向かってボサボサの尾を振る。

鎖に繋がれたままのこの雑種犬——この家ではブラッドと呼ばれている——は、いつも苛立《いらだ》っていて、誰に対しても敵愾心《てきがいしん》を剝き出しにして吠《ほ》える。狼のような形相で襲いかかり、鎖が千切れるほど激しく暴れる。だが——僕に対してはそうではない。

そうだ。僕はついに、ブラッドを手なずけることに成功したのだ。

いつものように辺りを見まわしてから、ランニングパンツの中に入れて来たソーセージを取り出す。大型犬用の太くて大きなソーセージだ。それをブラッドの前に放ってやる。

ブラッドがソーセージにかぶりつくのを見届けてから、再び走り始める。

おそらく、今夜は台風が吹き荒れる。あんなボロボロの小屋が、凄まじい自然の脅威に耐えられるとはとうてい思えない。飼い主はブラッドのために、何らかの対処をしてやるのだろうか？

心配していてもしかたない。

僕は地下室の女に食事をやるために自宅に向かって走り続ける。

14.

曲がりくねった路地を自宅に向かって走っていると、あの女のアパートの前で、沙弥加という4歳の女の子が泣いているのに出くわした。

無視するわけにはいかない。立ち止まって声をかける。

「どうしたの？」

女の子は薄汚れたTシャツに、薄汚れたスカートを穿《は》いている。左の頬には殴られたに違いないアザがある。右手の甲の傷は火傷のように見える。

「……ママもパパも……帰って来ない……」

泣きじゃくりながら女の子が言う。よく見ると、二の腕や腿《もも》の内側にも青い内出血が何個もある。

「パパも帰って来ないの？」

驚いて僕はきく。

泣きじゃくりながら女の子が頷《うなず》く。

しかたがない。アパートの大家のところに連れて行くことにする。幸いなことに大家はすぐ近所に住んでいて、僕とは顔見知りだ。


大家夫妻は朝食の最中だったようだ。散らかった家の中からは味噌汁《みそしる》の匂いや、焼いた魚の匂いが漂ってきた。

「さあ、もう泣かなくていいからね」

人の良さそうな初老の大家の妻は女の子の脇に屈《かが》んで優しく言った。「ママはいつから帰って来ないの？」

「……きのうの朝から」

女の子は相変わらず泣きじゃくっている。

「あの親は前から気になってたんだよね」

妻と同じように人の良さそうな大家が僕に言う。「この子がどんな目にあわされてるか、先生、知ってるかい？」

「ええ。ジョギングの途中に、よくこの子がベランダに出されているのを見かけますから」

流れ落ちる汗を拭《ぬぐ》いながら僕は言う。「真冬に裸でベランダに縛られてることもあったんですよ」

「ああ。ひどいもんだよ」

大家は顔をしかめて言う。「ずうっと前からそうなんだよ。親らしいことなんか何もせず、いつもいつも、ああしてこの子を苛《いじ》めてるんだよ」

僕は無言で頷く。また地下室の女のことを思い出す。

「他人の家のことだから、あたしたちが口出しするのもどうかと思ってたんだけど、やっぱり、児童相談所とかに連絡したほうがいいかもしれないな」

大家が言い、女の子の脇にしゃがんでいた妻が、「そうですよ」と言って深く頷く。

「先生はどう思う？　やっぱり、児童相談所とかに連絡したほうがいいのかな？」

大家が僕の意見を求めたので、僕は「そうするべきだと思います」と答える。

「とにかく、とりあえずこの子はうちに置いておくよ」

大家が言い、僕は「お願いします」と言って頭を下げる。

15・

重い鉄の扉を開ける。

その微《かす》かな音に、女が顔を上げた。女の額には金色の前髪がこびりつき、ルージュの滲《にじ》んだ口には髪の束が貼りついている。目の下は流れ落ちたマスカラやアイラインでどす黒くなり、分厚く塗られたファンデーションはすっかり斑《まだら》になっている。

「……畜生」

ベッドに裸の体を起こした女は、歯を食いしばり、怒りと憎しみの入り交じった凄《すさ》まじい形相で僕を睨《にら》みつけた。

「畜生……騙《だま》しやがって……畜生……許さねえ……」

敵意を剝《む》き出しにした女の口調に僕は驚く。あれだけこっぴどく痛めつけられたのだから、てっきり泣いて許しを乞《こ》うかと思っていたのだが……なかなか気の強い女だ。だが、これくらいのほうがいい。そのほうが僕もやり甲斐《がい》があるというものだ。

食事を乗せたトレイを持って女に近づく。マグカップに注いだ熱いコーヒーとパック入りのミルク。皿に盛ったレーズン入りのシリアル。缶入りのトマトジュース。半熟の茹《ゆ》で卵。チーズとボイルしたソーセージ。オレンジと小さく切ったパイナップル。

「こんなことをして……ただじゃ済まさないからなっ」

合成繊維でできた黒く小さなショーツだけを穿いた女は、ベッドから降りて鉄格子の前に立った。両手で鉄筋を握り締め、猛烈な怒りに皮膚を紅潮させて、全身をブルブルと震わせている。ここからでは見えないが、その筋張った背中は革のベルトによる無数の傷で埋め尽くされているはずだ。

「畜生……覚えてやがれ……この借りは、いつか、必ず返してやるから……」

僕は女の足元──鉄格子の下に屈み込み、鉄筋のあいだから運んで来た食事を差し入れる。瞬間、女が檻《おり》の中の猿のように素早く手を出して、僕の腕を摑《つか》もうとする。僕は慌てて手を引っ込める。

「さあ、朝食です。冷めないうちに食べてください」

そう言って、残りの食事は鉄格子の前の女の手の届くところに置いておく。欲しければ今みたいに手を伸ばして食べるだろう。

この女は餓死させるつもりではないのだから、食事ぐらいは与えてやらないといけない。どうせ長い命ではないが、空腹のあまり口もきけないほどに弱ってしまったら、今後の計画に差し障る。

「お腹の赤ちゃんのためにも、食べたほうがいいですよ」

僕はそう言って立ち上がりかける。もちろん、胎児のことなど気にしてはいない。

「ねえ、待って」

女が言う。「ねえ……先生」

女の口調が急に変わり、僕は顔を上げる。

「ねえ……今だったら許してあげる。何もなかったことにしてあげる」

骨張った指で鉄筋を握り締めた女は、立ち上がった僕を見上げる。化粧が落ちたせいでさらに貧相になった顔を歪《ゆが》めて哀願するように言う。

「……だから……お願い……ここから出して……そうしたら、何でもする。だから……」

だが僕はそれを無視して女に背を向ける。出入り口の扉に向かう。

「……ここから出して……お願い……お願いよ……」

そこまで言ったところで、女の口調が再びヒステリックに変わる。

「畜生っ……早く、ここから出せっ！……畜生、殺してやるっ！……ここから出せっ！出せっ！　出せーっ！」

女の叫び声は、扉を閉めると同時にきこえなくなった。

16．

歩いて病院に向かう。

台風は今夜にも関東地方に上陸するらしい。風が一段と強くなった。

ブラッドと呼ばれる雑種犬のことを思い出す。もうすでに、あのボロボロの犬小屋は風に吹き飛ばされてしまったかもしれない。そんなことになったら、いったいどうやって風雨をしのげというのだろう？
《どうかブラッドがこの台風を無事に乗り切ることができますように》
そう祈ろうとする。だが、いったい誰に祈ったらいいのかわからない。
僕には信じる神などいない。

病院に着くとすぐに院長から電話があった。

『おはよう、リョウ。ちょっと来ない？』

「今、ですか？」

『そう。今、すぐよ』

「わかりました。すぐに行きます」

窓の向こうではソメイヨシノの枝が激しく揺れている。僕はそこに巣を作っているはずのヒヨドリたちのことを考える。


軽くノックしてから院長室のドアを開ける。そこに院長が立っている。涼しげなベージュのパンツスーツに、それほど踵《かかと》の高くないベージュのパンプス。院長は、僕が後ろ手にドアを閉めると同時に僕の体に抱きついてきた。

「きのうはごめんね、リョウ。せっかくのお誕生日だったのに、何もしてあげられなくて」

「いいんですよ。気にしないでください」

白衣にファンデーションが付かないか心配しながら、院長の骨張った体を抱き締め、唇を合わす。院長が飲んでいたらしいコーヒーの味が口の中に広がる。

「……ねえ、これ」

体を離すと同時に、院長は背後に隠し持っていた小さな箱を僕に差し出した。

「何ですか？」

「決まってるでしょ？　お誕生日のプレゼントよ」

「へえ……嬉《うれ》しいな」

「……開けてみて」

院長は53歳だが、今はまるで少女のようだ。きっとここに勤務する医師や看護婦たちは、こんな院長を見たことがないだろう。

僕はピンクのリボンが掛かった細長い小箱を開く。中には太い万年筆が入っている。

「ペリカンですね。嬉しいな」

僕が微笑み、院長も顔を皺《しわ》だらけにして嬉しそうに笑う。

「本当に嬉しい？」

「ええ。こんないい万年筆、持ったことがないから……本当にすごく嬉しいです」

それは嘘ではない。僕はまた院長を抱き締める。もう1度、唇を合わせる。パンツスーツに包まれた院長の細い脚が、僕の脚に絡みつく。

僕はこの人を愛しているのだと思う。


院長室のスピーカーから、有線放送のチャイコフスキーが流れている。

僕は肘《ひじ》掛けの付いた院長用の大きな椅子にもたれ、右手にはもらったばかりのペリカンの万年筆を握り、デスクの上の花瓶のバラや、窓の向こうの灰色の海のうねりや、その上を流れる鉛色の雲の塊を見つめている。そして、院長用のデスクの下——僕の足元には院長が犬のようにうずくまって、僕のペニスを口に含んでいる。

ついさっき、本館の婦長らしき女性がドアをノックし、「院長、ちょっとだけいいですか？」と言った。だが院長はデスクの下にうずくまったまま、「今、手が離せないの」と、いつもながらのきつい口調で言っただけだった。婦長が「わかりました。またあとで来ます」と言って立ち去ると、また無言でペニスに唇をかぶせた。

卓球台のように大きなデスクの下から、唇がペニスをこする音が微かに聞こえる。僕の股間《こかん》では茶色に染めた髪が規則正しく上下している。

目を閉じる。ゆっくりと快感が高まり、それにともなって、またあの凶暴な欲望が募って来る。

あの欲望——院長に対して時折感じる、あのどす黒くて、暴力的な欲望。

僕は万年筆から手を放し、わずかに根元が白くなった院長の短い髪に触れる。柔らかなそれを何度か撫《な》でてから、力を込めてぐっと摑む。この女を嫌というほど痛め付け、徹底的になぶって、殺してやりたいと思いながら、喉《のど》の奥にペニスを突き入れる。

強い風が吹きつけ、窓のサッシがガタガタと鳴る。

院長の髪を鷲《わし》摑みにしてその口の中に射精する瞬間、僕はまた、ブラッドというあの茶色の雑種犬のことを思い出した。

17.

「そういえばここ2〜3年、この辺りで謎の失踪《しっそう》が相次いでるんだって」

ソファに腰を下ろし、僕の顔を見つめて院長が言った。「リョウも知ってる?」

「いいえ、初耳ですね」

そう答えながら、僕は艶《つや》やかに光る院長の唇を——ついさっきまで僕のペニスを含んでいた唇を見つめる。滲《にじ》んでしまったルージュは、今ではすっかり整えられている。

「そこの週刊誌に載ってるのよ」

そう言って院長はガラスのテーブルの下の雑誌を指さす。「何でも、この2〜3年のあいだに、この辺りで5人だか6人だかが行方不明になってるらしいの」

「へえ、行方不明ですか?」

僕はテーブルの下の雑誌を手に取る。「死体でも出たんですか？」

「それが、死体はひとつも見つかってないらしいの。何なのかしらね？」

「だったら、ただの家出なんじゃないですか？」

僕が言い、院長は「そうかもね」と言って笑う。薄い唇を舌の先で嘗《な》める。


自分のデスクで院長室からもらって来た週刊誌を広げ、湘南地区で続いているという謎の失踪事件の記事を読む……。

小宮武男。平塚市在住の35歳の工場労働者。3年前の春に自宅のアパートから忽然《こつぜん》と姿を消した——これは確かに僕だ。僕が初めてあの地下室に拉致《らち》し、殺したのがこの男だ。

山崎弘之。茅ヶ崎市在住の41歳の公務員。2年前の春の夕方、勤務先を出たきり行方不明——これもやはり僕の犯行だ。確か、この男はあの地下室の4人目の犠牲者だ。2年前の春、近くの居酒屋で、同伴出勤らしい水商売風の女を連れたこの男が『カエルの生造り』を注文したのを見かけてから、何週間もずっと狙っていたのだ。この男は下半身を刺し身にされた瀕死《ひんし》のカエルの両目に笑いながらツマヨウジを突き刺したり、カエルの口を無理やり開いてそこに焼酎を注ぎ込んだりしていたぶったあげく、カエルの刺し身は一口も食べずに店を出たのだ。地下室に拉致したこの男を、僕はベッドに仰向けに縛りつけ、鼻をつまんで口に多量の焼酎を流し入れて急性アルコール中毒で死なせた。

遠山政春。平塚市在住の53歳の会社員。2年前の夏、いつものように川崎の会社に行くと言って家を出たきり行方不明——この男は僕ではない。

佐藤真奈美。茅ヶ崎市在住の47歳の主婦。去年の秋の朝、平塚駅で友人と別れてから行方不明——この女を殺したのも確かに僕だ。彼女はあの地下室の10人目の犠牲者だ。彼女は水子供養をすることで信者を集めている宗教団体の一員で、あの日、勧誘のために僕の自宅を偶然訪れて犠牲になった。僕はスタンガンで拉致した彼女に、「これからあなたを殺します。そして殺したあとで、あなたの供養をします。そうしたら、あなたは僕を許してくれますね？」と言ってから、彼女を絞め殺した。

飯田良勝。平塚市在住の55歳。今年の1月の午後、散歩に行くと言って自宅を出たまま行方不明——彼を殺したのも僕だ。彼はあの地下室の11人目の犠牲者だった。彼は近くのコンビニエンスストアの経営者で、いつも中学生たちに平気で酒や煙草を売っていた。僕が注意しても、「あんたには関係ないだろ？」と言って、それを改めようとしなかった。僕は彼を数日にわたって追跡したあげく……。

週刊誌を閉じて、壁を見つめる。

おそらく——僕に残された時間は、それほど長くはない。

18・

——午前10時半。

精神状態が安定せず、看護婦が何を話しかけても返事をせず、食事にも手をつけない入院患者がいるというので、小柄な看護婦の小山美紗と一緒に病室に行く。

女は33歳、未婚。身長156cm、体重52kg、血液型A型。4日前にこの新館に入院し、3日前に僕がこの手で人工妊娠中絶手術を施した。ラミナリアという乾いた海草を用いた棒を入れて子宮口を充分に開いた上で、子宮緊縮剤プロスタグランディンを投与して胎児を母体から出そうとしたのだが、女には出産の経験がなく、すでに妊娠20週になっていたため、胎児が排出されてしまうまでにはとても長い時間がかかった。途中で麻酔が切れたこともあって、患者はかなりの痛みを訴え、出血もひどかった。

たぶん、まだあと数日はここに入院して体力を回復させる必要があるだろう。患者にはもちろん知らせなかったが、堕胎された胎児は女だった。

個室になった病室のドアをノックする。

「池田さん……担当医の古河です」

病室からは返事がない。

「入りますよ」

そう言ってドアを開ける。女はベッドに横たわり、じっと天井を見つめている。ここでも有線放送がきけるはずだが、どうやらスイッチが切られているらしい。吹きすさぶ風の音だけが響いている。

「担当医の古河です。ちょっと、いいですか?」

そう話しかけてみるが、女はやはり返事をしない。ほとんど瞬《まばた》きもせず、天井を見つめている。顔色が悪く、4日前とは別人に見えるほど、やつれ切っている。

僕は女の脇の椅子に腰を下ろす。静かに脚を組み、女の横顔を見つめる。一緒に来た小山美紗は困ったような顔をして僕の脇に立っている。

身元確認のために提出してもらった保険証によって、池田《いけだ》聡美《さとみ》という名前と住所、生年月日は確認した。だが、そのほかのことは何もわからない。初めて来院した時から、本人は多くを語りたがらなかったし、僕もあえてきこうとはしなかった。

提出された人工妊娠中絶同意書には、胎児の父親だとされる男の名前と署名・捺印《なついん》があった。だが、おそらく偽名だろう。きいたわけではないが、何となくそんな気がした。中絶の理由はいつもながらの、『経済的理由』だった。

個室になった病室は明るくて清潔だが、畳に換算すれば3畳ほどで、ベッドの周りにわずかな空間があるだけに過ぎない。それでも窓だけは大きく設計されていて、きっと今、女の目には強い風に流される鉛色の雲が映っていることだろう。

「気分が優れないようですね? 痛みや吐き気はありますか?」

僕は天井を見つめる女の青白い横顔をぼんやりと眺め、女が初めて診察室を訪れた時の姿を思い出そうとした。

そう。女はあの日、スカート丈が膝上《ひざ》10㎝ほどのグレイのビジネススーツを着て来院した。強《こわ》ばった表情で診察室の椅子に座った女は、ストッキングに包まれた膝を揃え、黒くシックなハンドバッグを膝に載せていた。薄いベージュのマニキュアをしていたけれど、オープントウのパンプスの先からのぞいた指先には、ペディキュアはなかった。「どうなさいました？」ときく僕に、女は「妊娠したので、中絶してください」と言った。妊娠しているのは確かなようだったが、正確なことを調べるために、診察台に乗ってもらった。女はレースで縁取られたシャンパン色のブラジャーを着け、お揃いのショーツを穿《は》いていた。膣口《ちつこう》を押し開いた瞬間、「痛いっ」と言って、わずかに腰をひねった……。

女の横顔を見ながら、僕はそんなことを、ぼんやりと思い出した。

若い同性が近くにいると話しづらいかと思い、小山美紗に退出するように言う。小山美紗はちょっと残念そうに、「それじゃ、そうします」と言って病室を出て行く。

廊下に響く小山美紗の足音がきこえなくなってから、またベッドの女に話しかけてみる。

「夜は眠れますか？」

今度は女はこちらに顔を向けた。

「……いいえ。あまり……眠れません」

僕は黙って頷《うなず》く。しばらく、風の音をきいている。

女は自分の子供を殺してしまったという罪悪感にさいなまれているのだ。こんな時に、医師が余計なことを言っても意味がない。

「眠れないのがあまり辛いようなら、遠慮なくおっしゃってください。精神安定剤を処方しますから……」

「……はい。そうします」

女はそれだけ言うと、また天井を見つめた。

僕はまた黙って、しばらく、風の音をきいている。

「あの……よかったら、何か話してみませんか？……ここできいたことは、誰にも話しませんから……話したくなければ別にかまいませんけれど……何か話せば、気晴らしになるかもしれませんし……」

それだけ言って、僕は窓辺に移動して、流れる雲を見上げる。またブラッドという雑種犬のことを考える。あの犬は今もあそこで、強い風に吹かれているのだろう。家族はみんな、犬のことなんて忘れているのだろう。

「……中絶なんて、本当はしたくなかったんです」

突然、女が言った。

僕は女に顔を向け、静かに頷《うなず》く。

「……本当は、産みたかったんです……だけど……彼が……」

やがて女はポツリ、ポツリと話を始める。

胎児の父親だった男性は会社の上司で、自分と付き合い始めてもう3年になること。彼は44歳の課長代理で、彼には42歳の妻と16歳の娘と14歳の息子がいること。下の子が大学を卒業したら妻と離婚して彼女と結婚すると彼は言っていること。だけど自分はそんなに長くは待てないこと。彼女から妊娠したらしいときいた彼はとても悩んだが、今は結婚できないから堕《お》ろしてくれと涙ながらに言ったこと。ひとりで産もうかと思ったこともあったが、経済的なことや、そのほかいろいろなことを考えて中絶することに決めたこと。人工妊娠中絶同意書にあった父親の氏名は偽名で、あれは自分で勝手に書いたこと。会社には旅行に行くと言ってあること……。

女は大粒の涙を枕に染み込ませながら話を続け、僕は黙ってそれをきいた。

話を終えると、女は枕元のティッシュで鼻をかんだ。

部屋には風の音だけが響き続けている。

女はしばらく黙っている。それから僕の目を見つめて「先生」と呟《つぶや》くように言う。

「……わたしのしたことは……殺人……なんですよね？」

僕は黙って女の目を見つめ返す。

「わたしは赤ちゃんを殺してしまったんですよね」

彼女は僕に「いいえ」と言ってもらいたいのだ。「そんなふうに考えるべきではありません」と、否定してもらいたいのだ。

風の音をききながら、僕はしばらく考えるフリをする。だが、否定するわけにはいかない。それだけは、できない。

「そうだと思います」

僕が言い、乾き始めた女の目からまた涙が溢《あふ》れ始める。

「あなたと僕は、生まれようとしていた命を殺してしまったんですから……」

19.

かつて4度ほど、双子の胎児の中絶手術を行ったことがある。

双子だからといってほかの胎児たちと、何か変わりがあるわけではない。ただ、医療用の金属製トレイの上に、小さなふたつの死体が転がるというだけのことだ。

そう。ただ、それだけのことだ。

20.

台風がさらに近づいている。

きょうも午後に2件の人工妊娠中絶手術を行った。1件は27歳の独身女性で、胎児は11週だった。もう1件はやはり未婚の21歳の女性で、妊娠9週だった。どちらもスプーンのような形をしたキュレットという医療器具を使って掻爬《そうは》した。胎児殺しの専門家である僕にとっては、ごく簡単なことだ。

『湘南マタニティ・クリニック』には契約している寺院があって、患者から特に申し出がない限り、12週を過ぎて中絶された胎児はそこで埋葬されることになっている。寺院の一角には当医院で管理している墓があり、石の墓標には『南無妙法蓮華経《なむみようほうれんげきよう》』と刻まれている。言ってみればそれは、生まれることのできなかった胎児たちの墓だ。年に1度か2度、院長は花と線香を携えてその墓標を訪れ、胎児たちのために手を合わせているようだ。

別に院長の行動を非難するつもりはない。だが――僕はそんなことはしない。院長に一緒に参拝に行かないかと誘われたこともあったが、断った。

うまく言えないけれど、実際に手を下した張本人である僕がそんなことをするのは、生まれられなかった子供たちに対してとても不遜《ふそん》であるような気がする。殺しておいて、後になって謝るなんて、何だかムシが良すぎる気がする。

第一、殺された者にとっては、謝られようが、罵《のの》しられようが、何の違いもない。いや、僕が殺された胎児だったとしたら、謝られるよりは罵られたほうが、よほどすっきりするような気がする。

殺されたあとで謝られて何になる？

僕は胎児を殺すことを職業にしている。その事実から目を逸《そ》らすべきではない。

だから僕は胎児には謝らない。ステンレス製の医療トレイに乗せられた胎児に、『運が悪かったんだ。諦めろ』と心の中で言いきかせるだけだ。ただ、それだけだ。

キリスト教神学者テルトゥリアヌス（紀元160〜240年）は、皇帝に宛てた書簡の中でこう述べている。
『誕生を妨害することは、すみやかな人殺しにほかならない。生まれた者の生命を奪うことは言うにおよばず、これから生まれようとする者の生命を破壊することも問題外である。それはこれから人間になる者であり、種の中にすでに果実は含まれているのだ』

2件の人工妊娠中絶手術を終えて自分の事務室に戻ると、嬉《うれ》しいことに有線放送がモーツァルトのクラリネット協奏曲を流し始めた。モーツァルトがクラリネットの名手、アントン・シュタットラーのために作曲した不朽の名曲だ。どうやら演奏しているのはジェローム・グリーンらしいが、クラリネットという楽器の特性が見事に生かされていて、高音域から低音域にいたるまでの音の扱いは素晴らしいと言うほかない。
僕はジェローム・グリーンのクラリネットにうっとりしながら、自分でいれたインスタント・コーヒーをすすり、鈴木詩織が運んで来てくれたチョコパイを食べた。そして、猛烈な風雨に折れてしまいそうなソメイヨシノを見つめ、ブラッドと呼ばれるあの雑種犬のことを考えた。

21．

——午後6時半。

雨と風が猛烈に吹き荒れる中、病院に呼んだタクシーで帰宅する。台風はいよいよ近づき、明日の未明には関東地方に上陸するようだ。

女の子をあずけた大家のところに行ってみようかとも思うが、やめる。夕方、大家に電話して聞いたところによれば、大家夫妻はあのあと、母親か父親がアパートに戻ってくるのを待ったが、午後になってもふたりとも戻らないようなので、ついに決心して児童相談所に連絡したそうだ。児童相談所から職員がふたり来て、とりあえず女の子を連れて帰ったらしい。

もちろん僕には母親の行方はわかっている。だが、父親はいったいどこに行ったのだろう？　まったく、無責任な親たちだ。

雨が一段と強くなった。突風が吹きつけるたびに、ベランダに面した大きな窓ガラスが内側にたわみ、ガラスが割れてしまうのではないかという恐怖にかられる。

たぶん今も鎖に繋《つな》がれたままの、ブラッドという茶色の雑種犬のことを考えながら、手早くパスタとサラダを作って簡単な食事をする。

万一、窓が割れた場合のためにカーテンを閉める。風の音に負けないくらい大きな音でモーツァルトのヴァイオリン協奏曲を流し、エリンギのスパゲティを頬張り、レタスとラディッシュのサラダを食べる。ブルゴーニュ産の赤ワインを飲む。

児童相談所に行ったのなら、もうあの女の子のことを心配する必要はないだろう。残っている心配事はブラッドだけだ。

食事を終え、地下室に向かうために立ち上がる。

脇にワインのビンを抱え、左手に華奢《きやしや》なグラスを、右手には薬箱を提げて、地下室の重い扉を開ける。エアコンで乾かされた空気が溢《あふ》れ出す。汗と血の匂い、それに微《かす》かな尿の臭いがする。もうここでは、外で吹きすさぶ風の音はきこえない。

女は今朝と同じように、細長い地下室のいちばん奥、鉄格子の向こう側のベッドに体を丸めてうずくまっている。

地下室の天井の照明を点《つ》ける。瞬間、怯えやすい草食獣のように、女はビクッと体を起こした。細い目をさらに細め、凄《すさ》まじい形相で僕を睨《にら》みつける。

「畜生っ、いつまでここに閉じ込めておくつもりなんだっ！」

女はベッドを降りると、剝《む》き出しの貧弱な乳房を隠そうともせず、鉄格子の前に仁王立ちになって叫んだ。

「いいかげんにしろっ！　畜生っ！　ここから出せっ！」

女は相変わらず威勢がいい。妊娠しているせいか、こんなに痩《や》せているにもかかわらず、なかなか旺盛《おうせい》な食欲の持ち主で、今朝、僕が置いていった食事はほとんど空になっている。それが僕を喜ばせる。

これだけ元気なら、今夜の試練にも耐えられるかもしれない。

22

手早く作業を始めたかったので、今夜は最初からスタンガンを使った。僕が鉄格子の中に躍り込み、悲鳴を上げて逃げ惑う女の首筋にスタンガンを押しつけてスパークさせると、女は一瞬にして意識を失い、タイルの床に崩れ落ちてヒクヒクと痙攣《けいれん》した。

女が本当に意識をなくしているかどうかを確認してから鉄のベッドに運び上げ、両手両足を大きく開かせ、白いナイロンロープを使って、今夜は俯《うつぶ》せにではなく仰向けに——やはりアメンボウのように、大の字に——縛りつける。

女が身に着けているのは、黒い三角形の小さなショーツだけだ。昨夜、それは女が漏らした尿で濡《ぬ》れてしまったはずだが、今はもう完全に乾いている。もしかしたら、鉄格子の中に取りつけられたトイレのタンクから流れる水を使って洗濯したのかもしれない。薄いレースの向こうに陰毛が窮屈に押し潰《つぶ》されているのが見える。

昼のあいだに大便もしたのだろうか？　脂肪のない腹部は餓死した死体のようにえぐれて、窪《くぼ》んでいる。

女の貧弱な乳房は、仰向けになるとほとんどなくなってしまう。まるで初潮前の少女のようだ。腋《わき》の下は脱毛してあるが、そこから2～3本、新たな毛がその先端をのぞかせている。

ベッドに縛りつけた女の細く骨張った手首と足首に、それぞれ電極を取りつける。それから、足元の薬箱から注射器と小さなアンプルを取り出す。アンプルの首を折り、カルテにあった女の42kgという体重を考慮しながら、中の水溶液をシリンダーに吸い上げる。シリンダー内の空気を慎重に抜いてから、女の腕に浮き出た青い静脈に針を刺す。血液が赤い煙のようにシリンダー内に逆流する。ゆっくりとピストンを押し込む。アイシャドウの取れかけた瞼《まぶた》がわずかに震える。だが、女は覚醒《かくせい》しない。

準備が整うと、僕は鉄格子の中に椅子を運び込み、そこに腰を下ろした。血のような色をしたブルゴーニュ産ワインをグラスにたっぷりと注ぐ。それを口に含み、舌の上でしばらく転がしてから静かに飲み込む。芳醇《ほうじゅん》な香りが、喉《のど》を心地よく刺激しながら滑り落ちていく。

ベッドの向こうの壁には、3カ月ほど前に餓死させた女が肉汁で書き残した『絶対にゆるさない。マツダイまでたたってやる』という文字が見える。この女はそれを読んだのだろうか、と思う。

グラスを床に置き、手を伸ばして女の小さな乳首を指先でつまむ。軽くひねる。腰骨の突き出した下半身がわずかに浮き上がり、ルージュの取れた薄い唇から小さな声が漏れる。

さあ、拷問の開始だ。

23・

「目を覚ましなさい。聞こえますね?……目を覚ましなさい」

僕の呼びかけに女は朦朧《もうろう》となって目を開いた。僕の顔をぼんやりと見上げ、次の瞬間、自分がまた縛られていることを知って悲鳴を上げる。

「いやっ!　やめてっ!」

大の字になった女が、激しく首を振って金色の髪を振り乱す。

「目が覚めたようですね」

僕はそう言って笑い、ワインを口に含む。

「いやっ!　いやーっ!」

またベルトの鞭《むち》を浴びせられるとでも思ったのだろう。女は骨の浮き出た体を無茶苦茶によじり、手首や足首にナイロンロープを食い込ませ、狂ったようにもがき続ける。

「いやよっ！　許してっ！　もう、いやーっ！」

そんな女の姿をしばらく見下ろしたあとで、僕はグラスのワインを飲み干す。それをタイルの床に置き、視線を女に戻す。

「それじゃ、始めましょう。まず最初にお名前をおききしましょう」

そう言って、僕は優しく微笑む。「あなたのお名前は何ですか？」

だが、女は答えない。貧相な顔に猛烈な怯えを浮かべて、「もう許して……お願いよ……こんなこと、もうやめて……許して……お願い」と、うわ言のように繰り返すばかりだ。

僕は辛抱強く、もう1度同じことを穏やかにきく。

「名前を名乗ってください。あなたの名前は何ですか？」

しかし女はどうやら、質問に答える気にはなれないらしい。それどころか、朦朧となって首を垂れ、意識を失おうとしている。静脈に注入したアミタールの量が多すぎたのだろうか？

しかたがない。次の手段に移らなければならない。

僕はベッドの下に置かれた黒い箱を見下ろす。そこから伸びた数本のコードの電極が女の手首と足首にしっかり貼りつけられているのを確認してから、箱に付いた小さなダイヤルをそうっとひねってみる。

まず『レベル3』。

瞬間、ベッドの上の女の肉体が弾《はじ》かれたようにのけ反った。

「あひっ、いやあああああーっ！」

凄まじい悲鳴が響くと同時に、女の背骨がまるでバネでも入っているかのように弓形に湾曲した。腰骨の飛び出した下半身が宙に浮き上がり、肋骨《ろっこつ》の浮いた体がアーチの形を描いてのけ反る。

「あああああああああーっ！」

手首や足首に巻かれたロープが皮膚に深く食い込み、ベッドマットがギシギシと音を立てる。

3秒ほどそうしていたあとで、ダイヤルを『0』に戻す。浮き上がっていた女の肉体が、急に重力が戻ったかのようにベッドマットにへたり込む。肋骨の浮いた胸部と、えぐれるほどに凹《くぼ》んだ腹部が猛烈に喘《あえ》いでいる。

「電気ですよ。辛いでしょ？……素直に答えないからこうなるんですよ。さあ、名前を言ってください。あなたの名前は何ですか？」

けれど女は息も絶え絶えに喘ぐばかりで答えない。

強情な女だ。僕は再びダイヤルの目盛りを『レベル3』に合わせる。

「あうっ、いやあああああーっ！」

再び女の背骨が強く湾曲し、弾けたように肉体が跳ね上がる。後頭部がベッドマットにこすりつけられ、小さなショーツに包まれた恥丘が高々と突き上げられる。

「あああああああああああーっ！」

女は金色の髪を振り乱し、飛び出さんばかりに目を見開き、ナイロンロープが千切れるほどに激しく身をよじる。ベッドの脚がタイルの床を滑る。

今度は5秒ほど続けたあとで目盛りを『0』に戻す。重力を取り戻した肉体が、再びがっくりとベッドマットにへたり込む。

女の悲鳴がやむが、荒い呼吸音はやまない。それはまるで、たった今、100mを全力で泳いできたかのようだ。全身が汗の粒を噴き出し、貧弱な乳房を乗せた薄い胸が激しく上下している。頬や額には乱れた金色の髪が幾筋もへばり付いている。

僕は女の骨張った腕を取って脈拍を測ってから、乾いたタオルで額の汗を拭《ぬぐ》ってやる。

再び静かに問いかける。

「話す気になりましたか？　さあ、名前を言ってください」

涙の溢《あふ》れる目に凄まじい恐怖を浮かべ、女の口が途切れ途切れの言葉を発する。だが、それは喘ぐような呼吸音にかき消されてきき取ることができない。

「きこえませんよ。もっと大きな声で言ってください。あなたの名前は何ですか？」

「……うつぎ……あゆみ」

今度はきき取ることができた。僕は満足して床に置いたグラスのワインを飲む。

「宇都木亜由美さんですね？　宇都木さん、年はおいくつですか？」

「……23歳……ねえ、もうやめて……もう許して」

「余計なことを言う必要はありません。きかれたことにだけ答えてください」

「……はい」

2度の電撃が相当にこたえたのだろう。女は消え入るような声で素直に答えた。

僕は満足して質問を続ける。

「では、おききします。宇都木さん、あなたは娘の沙弥加ちゃんを、いったいいつから虐待しているんですか？」

女の首が微《かす》かに上下し、唇が震えるように動く。だが、いつまで待っても女は答えない。

「どうしたんです？　あなたが沙弥加ちゃんをいつから虐待してたのか、それを教えてください。そうしないとまた電気を流しますよ」

「ああ、それはやめてっ！　言うわっ！……だから、やめてっ！」

「もちろん、宇都木さんが僕の質問に、素直に答えてくだされば電気は流しません」

僕はそう言って、また優しく微笑む。「さあ、宇都木さん。教えてください。いつからあなたは娘さんを虐待してたんですか？」

「確か……4年前……ぐらいから」

「4年前！」

僕は大袈裟《おおげさ》に驚いた声を出す。「それじゃあ、沙弥加ちゃんが生まれるとすぐに、あなたは虐待を加えていたんですね？　どうしてですか？」

女が涙を流しながら首を左右に振る。

「答えられないなら、また電気ですよ」

「ああ……やめて……お願い……言うから、やめてっ！」

「わかりました。さあ、沙弥加ちゃんを虐待した理由を教えてください」

女は視線を宙に泳がせ、何かを考えている様子を見せる。だが、唇が声を発する前に朦朧となって、目を閉じかける。

そう。これほどの恐怖と緊張にもかかわらず、女は目を開き、意識を保っておくことができない。とりもなおさずそれは、アミタールが彼女の毛細血管の隅々にまで行き渡っている証拠だ。

女の静脈に注入されたアミタールには、全身麻酔薬の作用と同時に、自白剤としての効果がある。いや、アミタール自体に自白剤としての効果があるわけではない。アミタールにはふだん人間が働かせている精神的な緊張や抑圧、抑制などを解除する作用があるが、投与する薬剤はほかの全身麻酔薬や睡眠薬でもかまわない。要は麻酔薬や睡眠薬を投与され、眠りに陥ろうとする人間にショックを与えて、繰り返し覚醒《かくせい》させるということがポイントなのだ。強制的な睡眠と、強制的な覚醒。その繰り返しにより個人の自我は破壊され、心の防御機能が崩壊し、結果としてアミタールは自白剤として作用することになる。

もちろん、薬剤使用による自白には法的な証拠能力はないし、薬剤使用による自白は裁判証拠としては取り上げられない。そんなことはもちろん、知っている。

しかしここは、僕の私的な法廷だ。裁判証拠として取り上げられるかどうかなどは問題ではない。

女は完全に眠りに落ちた。夢でも見ているのだろうか？　瞼《まぶた》の下で眼球がしきりに動いているのがわかる。

僕はまたダイヤルをひねった。今度は『レベル4』だ。

「いやっ、あああああああああーっ！」

女の肉体が一瞬にしてベッドマットの上に飛び上がり、体操のブリッジでもしているかのようにアクロバティックに反り返った。薄い皮膚の下の筋肉がくっきりと浮き上がり、凄《すさ》まじい絶叫が密室に響き渡る。

「あああああああああああああーっ！」

3秒ほど続けてからダイヤルを『0』に戻す。全身をのたうたせて激しく喘ぐ女の呼吸が、いくらか収まるのを待って、僕はもう1度尋ねる。

「眠らないで、質問に答えてください。宇都木さん、あなたはどうして生まれたばかりの沙弥加ちゃんを虐待したんですか？」

「…………」

「答えなさいっ！」

僕が大きな声を出し、女の体がビクッと震える。

「……あの子が……泣くから……だから……」

「泣くから？」

「朝も昼も夜も……泣いてばかりいるから……ちゃんとオシメも替えて……ミルクも飲ませて……それなのに……いつもいつも……泣いてばかりいるから……だから……」

途切れ途切れに女が言う。

「泣くのは赤ん坊の仕事ですからね」

僕はそう言って笑い、またワインを飲む。

「それで、具体的に、あなたは沙弥加ちゃんをどんなふうに虐待したんですか？」

僕がさらに質問を続け、女はイヤイヤをするように首を振る。

「言えないんですか？」

「お願い……わたしが悪かったの……だから、もうやめて……もう沙弥加をいじめたりしない……だから、お願いっ……」

女は具体的なことは言いたくないらしい。しかたがない。僕は黒い小箱に付いた小さなダイヤルを『レベル5』に合わせる。

「あうっ、いやあああああああああああーっ！」

悲鳴とともに黒いレースのショーツだけを穿《は》いた裸体が、再びブリッジをする体操選手のように反り返り、僕の目の前で美しいアーチ型を描いた。

「あああああああああああああーっ！」

口に出さずに3つ数えてから、ダイヤルを『0』に戻す。汗まみれになった女の体がベッドマットに吸いつくようにぐったりと横たわる。全身が酸素を求めて猛烈に喘ぐ。

「さあ、宇都木さん、話す気になりましたか？」

女は猛烈に喘ぎ続けながらも、僕の問いかけに必死で頷《うなず》く。

「さあ、教えてください。あなたは沙弥加ちゃんをどんなふうに虐待したんですか？」

「最初の頃は……叩《たた》いたり……ぶったり……つねったり……していたの……」

荒い呼吸の合間に、途切れ途切れに女が答える。

「ほかには？」

「……ミルクをあげなかったり……オシメを替えなかったり……」

「ほかには？」

「……畳の上に落としたり……お風呂《ふろ》の水に浸《つ》けたり……」

「それはあなただけですか？　それとも、あなたの夫も一緒になって沙弥加ちゃんを虐待したんですか？」

「……浩一も一緒になって……やったわ……」

「わかりました。それで……最近はどうしてたんですか？　最近はどんなことをして沙弥加ちゃんを虐待してたんですか？」

僕は言う。「嘘は言わないでくださいね。嘘はすぐにわかるから、そうしたらまた電気ですよ」

「……最近は……最近は……もう、忘れたわ……」

呟《つぶや》くように女が言う。

「忘れた？　忘れるわけがないでしょう？」

「……ねえ、お願い……お願いだから、もう許して……」

女はアミタールによる猛烈な眠気を必死で振り払い、わななくように言う。「……お願い。許して……ここから出して……お願い……お願いよ……」

「ダメです。どうしても言ってもらいます」

「お願い……もう思い出したくないの……許して……」

女が哀願し、僕はダイヤルをひねる。

再び『レベル5』。

「うっ、いやああああああああああああーっ！」

ベッドにくくりつけられているはずの女の体が、まるでオカルト映画に出てくる悪霊に取り憑《つ》かれた人のように浮き上がる。硬いベッドマットが窪《くぼ》んでしまうほど激しく後頭部をこすりつけ、ペディキュアの光る爪先がギュッとマットを掴《つか》む。

「ああああああああああああああーっ！」

手足を縛ったナイロンロープがねじれ、ギシギシと音を立てる。

5つ数えてから、ダイヤルを『0』に戻す。猛烈に喘ぐ女の呼吸が収まるのを待って、再び口を開く。

「どうです？　言う気になりましたか？」

「言うわ……言うから……やめてっ！」

僕は女の目を見つめ、優しく頷く。額に吹き出した汗をタオルでそっと拭《ぬぐ》ってやる。白いタオルに、ベージュのファンデーションが微《かす》かに付く。

「さあ、教えてください。あなたと、あなたの夫はどんなふうに沙弥加ちゃんをいじめたんですか？　最近はどんなことをしていたんですか？」

「最近は……沙弥加が悪いことをした時には……ベランダに立たせておくことにしてるの……」

「裸で？」

「浩一は沙弥加を……裸にしたこともあったけれど……あたしはそんなことはしなかった……ただ、ベランダに立たせていただけ……」

喘ぎ続けながら女が言う。それは、性行為の最中に発せられる切なげな囁《ささや》きにもきこえる。

「ベランダの手摺《てす》りに縛ったこともありましたね？」

「わたしは……してない……縛ったのは……浩一なの……」

「本当ですか？　あなたは1度も縛っていないんですか？」

「…………」

「どうなんですっ！」

僕がまた大声を出し、女が怯えたような悲鳴を上げる。

「……1度……もしかしたら2度……ぐらいは、あたしも……縛ったことが……あるかもしれない」

「そうでしょう？　あなたも、沙弥加ちゃんを縛りましたよね？　それで……ほかにはどんなことをしました？」

「ほかには……」

「ほかには？」

「…………」

そこまで言ったところで、女はまた朦朧《もうろう》となって眠りに落ちようとする。

僕はまたダイヤルをひねる。

『レベル６』。

「ひっ、いやあああああああああああーっ！」

黒い合成繊維のショーツに包まれた下半身を高々と突き上げ、女の肉体がまたベッドの上でエビのように反り返る。

24・

尋問開始からすでに1時間半が経過している。その90分のあいだに、僕は女の肉体に30回以上にわたって電流を送り込んだ。最後の数回は『レベル７』にして、５秒ずつ繰り返した。それまでぐったりと死んだようになっていた女は、そのたびに面白いほどよく反応し、弓のようにのけ反って下半身を突き上げ、凄《すさ》まじい悲鳴を上げて身を震わせた。

息も絶え絶えになりながら、女は様々な事実を打ち明けた。娘の手や足に煙草の火を押しつけたのは10回や20回ではきかないこと。ヤカンの注ぎ口から娘の手足に熱湯をしばしば浴びせていること。前に2度ほど、熱いアイロンを足の裏に押し付けたことがあること。パチンコ屋の駐車場に停めた車の中に娘を置いたままにしていて熱中症で死なせかけたこと。ベランダにはたいていい2〜3時間立たせているが、時には一晩中室内に入れないこともあったこと……。

女の口から次々に明かされる真実に僕は首を振った。

僕は――僕は知っている。手の甲に煙草の火を押しつけられるのがどれほど熱いかを知っている。傷口にキンカンを塗られた時の息も止まるような痛みを知っている。耳をぶたれると2〜3日は音がよくきこえなくなるということも、髪の毛をごっそり引き抜かれると頭皮がズキズキと何日も痛むことも、つねられてできた内出血は時には1週間以上も消えないということも知っている。そして僕は――親に必要とされないということが、子供にとってどれほど辛いことか……それを知っている。沙弥加というあの女の子に負けないほど、よく知っている。

女が告白したのはそれだけではない。彼女もまた母親に虐待された上に、義理の父にイタズラされていたことや、早く家から出たくて好きでもない男と一緒になったこと。最近は夫との仲が冷えきっていて、夫には愛人がいるらしいことや、実は自分にも年下の愛人がいること。妊娠している胎児の父親は夫ではないかもしれない、ということ……。

「よく話してくれました」

僕はそう言って女の腕に触れる。今では女の脈拍は随分と弱く、微《かす》かになってしまった。電撃を与えた時の反応も鈍くなり始めた。電極を貼った皮膚には、きっとひどい火傷《やけど》ができているだろう。

椅子に腰を下ろし、タオルで汗と涙を拭ってやる。アミタールに冒された女はまた朦朧となって意識を失おうとしている。子宮にいるはずの胎児は、まだ生きているだろうか？ 二重らせん構造になった人のＤＮＡの中には、おそらく不幸という名の遺伝子があり、その遺伝子は親から子へ、そして孫へと受け継がれる。

女が言ったことのすべてが信じられるわけではない。だがもし、それらが本当なら――彼女もまた親から虐待を受けていたとしたなら――娘を虐待した責任を、この女にだけ問うのはフェアではないかもしれない。

僕は女の答えに満足した。だが、女を許す気になったわけではない。

ワインを飲み、コンクリートの壁を見つめる。

また、あの雑種犬のことを思い出す。

台風は今、どこにいるのだろう？

25

地下室から出る。地上では猛烈な風雨が吹き荒れている。風がうなりを上げ、時折、どこかで物の倒れる音や、何かが転がっていく音、街路樹の枝の折れる音がきこえる。

モーツァルトでもききながら眠ろうと思ったのだが、あの雑種犬のことが心配で、いても立ってもいられず、覚悟を決めて1階のガレージに降りる。雨の日にはポルシェには乗らないことにしていたが、しかたない。

親に虐待された女の子には児童相談所がある。彼女のための法律もある。だが、鎖に繋《つな》がれた犬には何もない。だから……行かなくてはならない。

ポルシェのエンジンをかけ、リモコンでガレージのシャッターを上げる。凄まじい風と大量の雨がガレージの奥まで吹き込んで来る。積み上げた古雑誌がバタバタと音を立てて吹き飛ばされる。

サイドブレーキを戻し、ギアをローに入れ、アクセルを踏み込む。ヘッドライトを灯《とも》し、実際には1度も使ったことのないワイパーを作動させ、嵐の中にクリームイエローのポルシェを出す。

アスファルトを雨水が川のように流れている。猛烈な雨が叩《たた》きつけ、ワイパーはまったく意味をなさない。ヘッドライトに浮き上がるのは、シャワーのように降る雨だけだ。

ラジオが、つい先ほど、台風が二宮《にのみや》付近に上陸したと告げたが、それもよくきき取ることができない。背後で音を立てているはずの水平対向空冷4気筒エンジンの響きさえ、ほとんどきこえない。

僕はフロントガラスに顔をくっつけるようにして、ゆっくりとポルシェを走らせる。街にはもちろん、人影がない。走っている車もまったくない。街路樹の枝が今にも折れそうなほどに大きくしなっている。

やがて、あの家のすぐ前まで来る。すべての窓の雨戸が閉められ、いくつかの雨戸の隙間から細い光が漏れている。

雨ガッパを着てくればよかったな、と思いながら車を降りる。一瞬にして全身がずぶ濡《ぬ》れになる。猛烈な突風にあおられて、うまく歩くことができない。よろけながらも体を前傾して歩き続け、あの家の門を通り抜け、ブラッドと呼ばれる茶色の雑種犬がいるはずの裏庭に回る。

——そこに、あの犬がいた。

凄まじい雨と風に打たれ、ボサボサの毛を体にぴったりと貼りつかせ、水浸しになった庭の真ん中に、鎖に繋がれた犬はなすすべもなくうずくまっていた。

庭の隅には吹き飛ばされた犬小屋の残骸《ざんがい》が転がっている。だが、どれほど雨が降ろうと、どれほど風が吹きすさぼうと、鎖に繋がれた犬はそこから動くことができない。

「ブラッド！」

僕は犬の名を呼んだ。だが、凄まじい風の音にかき消されて、犬にはきこえない。

「ブラッド！　僕だよっ！」

さらに大きな声で呼ぶ。

僕の姿を認めた犬が立ち上がり、尾を振る。

僕は犬に駆け寄り、ずぶ濡れになって冷え切った体を抱き締める。初めて触れるブラッドの体は、信じられないほどに痩《や》せて骨が浮き出ている。

犬の尾がさらに激しく振られる。

「ちょっとだけ、待ってろ」

そう言うと僕は、鎖を繋ぐために地中に30㎝もの深さに埋め込まれた、∩の形をした忌まわしい鉄の杭《くい》を、渾身《こんしん》の力を込めて引き抜いた。

これでもう犬をこの場に繋ぎ止めるものはなくなった。

「よし、行くぞっ！」

次の瞬間、犬と僕は、ライトを点《つ》けたままのポルシェに向かって全力で走り始めた。

26・

窓の外では凄まじい雨と風が続いている。だが、ここには風も吹き込まないし、雨も入り込まない。エアコンのお陰で空気も快適に乾いている。

2階の部屋で犬の体を乾いたタオルでゴシゴシと拭《ふ》く。ゴワゴワとした茶色の毛は、泥と糞尿《ふんにょう》でとても汚れていて、本当なら浴室で洗いたいところだが、今夜はやめたほうがいいだろう。

大きなスポーツタオルを3枚も使って犬の全身を拭いてやってから、ポルカのために買い置きしてあるドッグフードにミルクをたっぷりとかけて与える。

よほど腹が減っていたのだろう。犬はそれを、あっと言う間に平らげてしまった。もっとやってもいいが、いっぺんに与えるのはよくない。今夜はもう休ませたほうがいいだろう。

僕はクロゼットから古いタオルケットを引っ張り出し、僕のベッドの脇に敷いてやる。

「おいで、ブラッド。今夜からここで寝るんだぞ」

そう言って、タオルケットをポンポンと叩く。犬は遠慮がちにタオルケットに乗ると、しばらくクンクンと匂いを嗅《か》ぎ、それからそこに横たわった。

犬の世話が一通り終わったところで1階のガレージに降り、ずぶ濡れになったポルシェを柔らかなタオルで丁寧に拭く。それから2階に戻って犬の体を撫《な》で、自分もシャワーを浴びる。シャワーのあとでグラスにスコッチと氷を入れ、もう1度、犬を撫でてからベッドに入る。

地下室の女が気にかかるが、もう今夜は地下室に行く気にはなれない。あの衰弱の様子だと、もしかしたら朝までもたないかもしれないが、まあ、いいだろう。

今夜は犬のそばにいてやらなくてはならない。

「おやすみ、ブラッド」

ベッドの脇にうずくまる犬にそう言って明かりを消す。

窓の向こうで、街路樹が嵐に吹かれているのが見える。

僕はこの雑種犬に、ほかの名前を付けてやろうと思う。

27.

夜中にふと、目を覚ます。反射的にベッドの下をのぞく。

大丈夫。そこでは、あの茶色の雑種犬がうずくまり、微《かす》かな寝息をたてている。

僕は安心して、また仰向けになる。

外ではまだ嵐が続いている。凄まじい風の音がきこえる。ガラス窓に打ちつける雨の音もする。けれどここには、どんな雨もどんな風も入って来ない。

壁の暗がりに掛けられた、これから解体される牛の絵をぼんやりと見上げる。元精肉業者の画家が描いた、陰気な色彩に彩られた沈鬱《ちんうつ》な絵——あの牛は、これから自分が解体されるということを知っていたのだろうか？

《生まれていいなんて誰も言ってないのに、あんたは勝手に生まれて来たのよ》

壁の絵を見つめながら風の音をきいていると、何の脈絡もなく、母の言ったことを思い出した。

《誰も許してないのに、あんたは勝手に生まれて来たのよ》

そう。ずっとずっと昔……母は僕にそう言った。

生まれることを許されなかった子供——それが、僕だ。

まあ、いい。それでも僕は生まれ、生き延びた。

再び目を閉じる。


僕は父親の顔を知らない。顔どころか、名前さえ知らない。

だが、実を言うと、母親の顔もよくは覚えていない。

僕が小学校の3年生だった秋の夕方、28歳になっていたはずの母は、いつものように玄関のドアのところで、「それじゃあ、行って来るね」と言って仕事に出掛けて行き、そして——2度と戻って来なかった。

僕は9歳になっていたから、もう母ギツネの帰りを待つ子ギツネのように飢えに耐えたりはしなかった。泣きもしなかったし、心配もしなかった。僕はお金の隠してある場所も、貯金通帳のありかも、キャッシュカードの暗証番号も知っていたから、お金や食べ物に困ることもなかった。

僕は翌日も、その翌日も、またその翌日も、ひとりで目を覚まし、ひとりで食事をとり、ひとりで学校に行った。掃除もしたし、洗濯も入浴もした。夜は戸締まりを確認し、ちゃんと明かりを消して寝た。だが、どれほど待っても母は戻って来なかった。

月が変わると大家が、今月分の家賃が入金されていないと言ってやって来た。それを支払うほどの金はもう残っていなかった。しかたなく、僕はひとりで近くの交番に行き、母がもう半月以上も家に戻らないことを告げた。

対応した警察官は、「半月だって！」と、ひどく驚いた。そして、9歳の少年が平然としていることに、さらに驚いた。

母がどこに行ってしまったのかは、今もわからない。その後、僕は母の母親である祖母の家に引き取られた。祖母と会ったのは、それが初めてだった。愛人らしき男と暮らしていた祖母は、僕の出現に明らかに迷惑そうだった。

だが、大丈夫。親がいなくても子供は育つ。

僕はグレて不良の仲間になることも、家出することも、引きこもることもなく、高校から大学の医学部に進学し、産婦人科の医師になり、連続殺人犯になった。心理学者ならその原因を、僕の幼年時代に求めるかもしれない。

だが、そんなことはどうでもいい。

僕は殺したいだけだ。胎児を殺すことに飽き足らず、人間までも殺しているだけだ。殺しても殺しても、まだまだ殺したいだけだ。それだけだ。

窓の外では凄まじい嵐が続いている。ベッドの下では犬が寝息を立てている。ゆっくりと眠りが訪れる。

28・

台風は日本列島を横切り、未明には日本海に抜けてしまった。今朝は昨夜の嵐が嘘のようによく晴れ渡っている。

僕はいつものように5時半に起床し、今朝はランニングはせず、犬の首に細い紐《ひも》を付けて海岸まで散歩に連れて行く。道路にはへし折られた街路樹の枝が散乱している。何カ月かぶり、いや、もしかしたら何年かぶりの散歩にブラッドは大喜びで、紐を引っ張ってグイグイと歩いて行く。飼い主に見つからないかと心配するが、もし見つかったら、庭に迷い込んで来たと言えば済むことだろう。

台風のあとの海岸には、無数の漂着物が打ち上げられている。それらを眺めながら、海岸線を相模川《さがみ》から花水川まで歩く。

帰宅してから犬にミルクをかけたドッグフードをやり、浴室でシャワーを浴び、髭《ひげ》を剃《そ》る。それから、地下室に行ってみる。


女は鉄格子の向こう側のベッドに、痩《や》せこけた体を丸くしてうずくまっていた。僕が明かりを灯《とも》しても、わざと大きな音をさせて鉄の扉を閉めても、目を開かなかった。

普通の人なら『レベル8』までの電流になら耐えられるはずだが、僕は昨夜、女の体に『レベル6』の電流を少なくとも10回、『レベル7』の電流を少なくとも10回は流した。体重42kgの女に、あれは相当にこたえたはずだ。もしかしたら、死んでしまったかもしれない。

念のために、ポケットの中のスタンガンを握り締めて鉄格子の扉の鍵《かぎ》を開ける。ベッドの女に近づき、「宇都木さん。宇都木亜由美さん」と声を掛ける。

ベッドに金髪を振り乱した女を見下ろす。ベルトによる細長い傷が、筋張った肩や背中や腰を縦横に覆っている。そのいくつかは、すでにカサブタになっている。

そっと女の腕に触れてみる……微かな脈拍が感じられる。

女はまだ生きている。だが、こんな状態では、夕方、僕が帰宅するまではもたないかもしれない。

女が死ぬ瞬間に立ち会えないのでは、面白くない。

今すぐ、女の息の根を止めてしまうことにする。

妊婦を殺したことは1度もない。

どんな方法がいいだろう?

しばらくその場で考える。

それから、前に1度やった方法を取ることに決める。その時に使った道具が、まだガレージの片隅に立て掛けてあるはずだ。

ガレージに置いてあった透明で分厚いアクリル板を2階の浴室に運び上げる。それからもう1度、ガレージに戻り、今度はそのアクリル板を浴槽に固定するための器具を浴室に運び上げる。そのあとで再び地下室に行き、ぐったりとなった女の手足をガムテープでグルグル巻にする。女が目を覚まして猛烈に抵抗するが、僕が腹部に拳《こぶし》をめり込ませると、いとも簡単に意識を失ってしまう。

ぐったりとなった女を抱き上げて2階の浴室に運ぶ。女の体は軽くて助かるが、背中の傷から滲《にじ》んだらしい血液が、ポール・スミスのシャツに付いてしまう。

僕はかつて、この浴槽でこうして殺した女のことを思い出す。

――あれは確か、僕の9人目の犠牲者だった。女は27歳で、すでに5人の胎児を中絶していた。とてもスタイルが良く、整った美しい顔をした女だったが、死ぬ3分ほど前に彼女は、僕に向かって、「殺してやるっ！　絶対に殺してやるっ！」と、凄《すさ》まじい形相で叫んだ。

29.

オフホワイトの長細い浴槽の中に、両手首を腰の後ろで縛られ、両足首をガムテープでグルグル巻にされた金髪の女が横たわっている。浅い浴槽の上には透明なアクリル板がぴったりと嵌《は》められ、洗濯挟みに似た器具で、8カ所でがっちりと固定されている。それはまるで、透明な蓋《ふた》の付いた巨大なランチボックスみたいに見える。

分厚いアクリル板には2カ所、小さな穴があいている。ひとつは水を注ぎ込むための穴で、もうひとつは空気が出て行くための穴だ。

意識を取り戻した女は狭い浴槽の底で狂ったように叫び、必死の形相で暴れている。すでにこれから自分がどういう刑に処せられるかを察したようだ。その暴れ方は並大抵ではない。

だが、いくら女が暴れようと、頑丈なアクリル板を破壊したり、それを持ち上げることはできない。前回の処刑でそれはすでに経験済みだ。

水道の栓をひねる。真鍮《しんちゅう》の蛇口から冷たい水が、密閉された浴槽に音を立てて流れ込む。

「いやーっ！」

女が悲鳴を上げる。

「やめてっ！　許してっ！　お願いっ、殺さないでっ！」

両手両足を縛られたまま、女はイモムシのようになって猛烈に身悶《みもだ》えする。アクリル板の蓋を蹴《け》り上げ、浴槽の縁を蹴りつける。

「いやっ！　やめてっ！　いやーっ！」

水位がどんどん上昇していく。

僕は昔、祖母がネズミ取りで捕まえた丸々と太ったネズミを、バケツの水に浸《つ》けて殺していたことを思い出した——冷たい水に金属製のカゴごと浸けられたネズミは、その中で狂ったように走り回った。それは僕に、いつだったかテレビで見た、丸い大きなカゴの中をオートバイで縦横に走り回るサーカスの芸人を思わせた。小さな泡がネズミの口や体から、バケツの水面に無数に立ちのぼった。だがすぐに、走り回るネズミの動きは鈍くなり、やがて……カゴの底で動かなくなった。

僕は慌ててネズミ取りを水から持ち上げた。瞬間、横たわったネズミの腹がうねるように大きく動いた。

「バカ、何するのっ！」

祖母はそう言うと僕の手からネズミ取りをひったくり、それを再びバケツの水に浸けた。

……浴槽の底で猛烈に暴れる女を見下ろしながら、僕はそんなことを思い出した。

すでに浴槽の水面は30㎝に達している。長い金髪が水の中にたなびいている。

「お願いっ、助けてっ！　殺さないでっ！」

そう叫びながら女はますます激しく暴れ、悶え、呻《うめ》いている。縛られた両足で浴槽を蹴り、アクリル板に頭突きを繰り返す。だが、大丈夫。浴槽に蓋をするかのようにぴったりと固定されたアクリル板は、ピクリとも動かない。

「あと5分で息ができなくなります」

浴槽の中の女に僕は告げる。「それまでのあいだに、あなたが沙弥加ちゃんにしたことを、よく考えてください」


水面が上昇し、アクリル板と水面との隙間が10㎝になり、5㎝になり、女の恐怖は最高潮に達した。

「助けてっ！　お願いっ！　何でもするっ！　だから、助けてっ！」

女は浴槽に満ちた冷たい水の中で、叫び、喚き、悶え、最後は透明なアクリル板に顔面を押しつけるようにして必死で呼吸をしていた。だが、すぐに、そのわずかな空間さえなくなり、口から大きな泡をボコボコと吹き出しながら、まるで沸騰した鍋《なべ》に生きたまま入れられたエビのようにメチャクチャに暴れた。体に残っているすべての力を動員して浴槽の壁を蹴り、アクリル板を蹴り上げた。長い金髪が、まるで生き物のように狭い浴槽の中で大きくうねった。

女は暴れ、暴れ、暴れ、そして――水中で目を見開いたまま、動かなくなった。

浴槽の底に横たわった女の顔の周りに、金色の長い髪が広がっている。

たぶん、もう息を吹き返すことはないと思うが、念のため、女を浴槽から出すのは食事を済ませてからにすることにして、浴室を立ち去る。不安げに僕を見上げる犬の背中を撫でてやってから、冷蔵庫からマーガリンとトマトジュースと卵とレタスを取り出す。

ふと、女の腹の中にいる9週の胎児のことを考える。

30・

空には夏の日射しが戻っている。濡《ぬ》れてしまったポルシェを風に当てるため、今朝は車で通勤する。

台風一過の街を、ラジオから流れるメンデルスゾーンをききながらゆっくりと走る。道路には折れた街路樹の枝が無数に散乱している。自転車の脇にサーフボードを積んだ小麦色の少年がふたり、海に向かって走って行く。

本館の地下駐車場に、今朝はまだ院長のシボレーが見えない。頭を下げる警備員に挨拶《あいさつ》を返してから新館に向かう。本館から異動になったばかりの大島翠《おおしまみどり》という30代の看護婦が、「古河先生、おはようございます」と言って、インスタントではないコーヒーを僕のデスクまで運んで来てくれる。

「ありがとう、大島さん。でも、コーヒーは自分でいれることにしてるから、気を遣わないでください。みんな忙しいんですから」

「でも、本館ではドクターのコーヒーは看護婦がいれることになってるんですよ」

「本館のことは知らないけど、ここではしなくてけっこうです。看護婦はお茶をいれるためにいるわけじゃないんですから」

そう微笑んで、大島翠から湯気の立つカップを受け取る。有線放送からはシベリウスが流れている。デスクに座り、インスタントではないコーヒーを飲みながら、窓の向こうを眺める。

今朝も差出人名のない封書が届いている。その筆跡からいつものイヤガラセの手紙だと判断し、読まずに足元のゴミ箱に入れる。ふと、地下室に横たえてきた溺死《できし》した女の死体のことを思い出す。早く処理しないと腐ってしまうだろうな、と思う。キリマンジャロらしいコーヒーをすする。

――午前9時。

最初の患者が来る。女は41歳の主婦で、胎児の中絶を希望している。診察してみるとすでに妊娠20週になっているので、できれば産んだほうがいいとアドバイスする。だが女は、絶対に中絶しなければならないと言い張る。よくよく理由をきくと、胎児の父親は19歳になる自分の息子なのだという。

「それは、本当ですか？」

僕がきき、女が赤面して頷《うなず》く。

「息子さんとは、どのくらい前からそういう関係にあるんですか？」

「……はい……あの……1年くらい前から……」

頬を赤く染めたまま、話しづらそうに女が言う。

しかたがない。できるだけ早く都合をつけて入院するように言う。

窓辺のデスクに戻り、今度は自分でインスタントのコーヒーをいれて飲む。院長から仕事の話を装ったラブコールが来る。

『ねえ、リョウ。今夜、うちに来ない？』

院長が言い、僕は地下室の床に横たわる女の溺死体のことを思い出す。もう髪は乾いただろうか？　死後硬直はどれくらい進んだだろう？

「今夜はちょっと都合が悪いんです……明日の晩じゃダメですか？」

周りに看護婦がいないのを確かめてから、小声で言う。

『明日でもいいけど……』

「それじゃ、明日にしてください」

『わかった。楽しみにしてるわ』


10時に妊娠10週の患者に人工妊娠中絶手術を施す。11週までの胎児なら、僕の手にかかればひとたまりもない。金属製のキュレットを使って簡単に搔爬《そうは》を済ます。11時と11時半に、中絶を考えている患者を診察し、昼には看護婦たちと一緒に取った出前の天丼をひとりで食べる。大きなエビ天を齧《かじ》りながら、自宅の2階にいるはずの犬の新しい名前をどうしようかと考える。

午後から4人の入院患者を一通り巡回し、眠れないと訴える患者に睡眠薬の処方をする。2時にきょう2回目の人工妊娠中絶手術を行う。胎児がまだ8週だったのでキュレットを使って手術は難なく済んだが、その患者が僕の手で人工妊娠中絶手術を受けるのはこれが3回目なので、「今後、避妊にはくれぐれも気をつけてください」と言っておく。

3時と3時半、4時と4時半と5時にそれぞれ来院患者の診察をし、簡単な事務処理を済ませてから6時に帰宅する。病院を出る前に院長室に電話をいれて、「先に帰ります」

と言う。院長が明日の晩に食べたいものはないかときくので、「そうですね。僕がおごりますから、寿司でも食べて、おいしい日本酒でも飲みましょう」と、言っておく。

自宅に戻る途中でペットショップに立ち寄り、犬の首輪や散歩用の引き綱、餌入れや水入れ、それに缶詰のドッグフードなどを買う。明日は家政婦の芝草さんが来る予定なので、犬はベッドの足か何かに繋《つな》いだほうがいいのだろうか、と考える。

家に戻って犬にさっそく新しい首輪と新しい引き綱を付けて海岸まで散歩に行く。まだ外は充分に明るい。乾いた風が吹き抜けて心地いい。板張りのボードウォークに犬と並んで腰を下ろし、自動販売機で買った冷えたビールを飲みながら、沈んでいく太陽や、刻々と色を変える空を一緒に眺める。

帰宅してからシャワーを浴び、犬に餌をやり、自分は宅配のピザを注文する。湯気の立つマルガリータのピザを食べながらビールを飲んでいると、遠くから花火の音がきこえた。慌てて窓から首を出す。

雲ひとつない夜空に、菊の花のような花火が見えた。

そう。昔、弟か妹になるはずだった子供たちの位牌《いはい》と一緒に、アパートの窓から見た横浜港の花火はとても小さくて、タンポポのようだった。だが今、ここから見る平塚の花火は菊の大輪のように見えた。

僕はテーブルを窓辺に移動し、花火を眺めながらピザを食べ、ビールを飲んだ。そして――僕の弟か妹になるはずだった、生まれて来られなかった子供たちのことを考えた。

31

海にはまだいくらか、台風のうねりが残っている。だがこの季節にしては珍しく空は晴れ渡って、無数の星が、まるでプラネタリウムのように瞬いている。

クルーザーのエンジンを止め、船がほぼ停止したのを確かめてから、太い鉄の鎖を幾重にも巻いた妊娠9週の女の死体を甲板に運び出す。上ったばかりの赤い月が、すっかり乾いた女の金髪を美しく光らせる。

辺りを見まわし、近くにほかに船がいないことを確認し、それから女を抱き上げて海面に、ペディキュアに彩られた足のほうからそっと降ろす。

いくらか外反拇指《ぼし》ぎみの女の爪先が海面に触れ、足首から膝《ひざ》に達し、太腿《ふともも》を浸し、あまり濃くない陰毛を洗う。最後は女の髪を掴《つか》み、海面が首に来たところで手を放す。

鎖の重みで、女の体はたちまち青黒い海中に沈んでいく。長い金髪がフワッと広がり、暗い水の中でゆらいでいるのが見え、そして……すぐに何も見えなくなった。

人生は続く――。

第三章　14人目。そして15人目

13人目の女を溺死させたあと、僕はあの雄牛の絵を地下室に戻した。

やはりあの絵には、自然光の入らない地下室が似つかわしい。

地下室の壁にはまだ、餓死した女がステーキの肉汁で書いた《絶対にゆるさない。マッダイまでたたってやる》という文字が残っている。


犬の新しい名前が決まった。

ヤン。僕のお気に入りのコンダクターであるヤン・コックから付けた。

週に1度、僕が浴室で体を洗い、月に1度はトリミングに連れて行っているお陰で、薄汚かったヤンは、今では見違えるほど綺麗《きれい》になった。痩《や》せていた体もふっくらとし、体中にうようよしていたノミも、今では1匹もいなくなった。

心臓に巣くっているはずのフィラリアは駆除していないが、体力さえ回復すれば問題ないだろう。フィラリア原虫は媒体である蚊がいなければ増殖することはできないから、これ以上、蚊に刺されなければ、数年のうちにヤンの体内のフィラリア原虫はすべて死滅するはずだ。

ヤンは自分に付けられた新しい名前をすぐに覚えた。今では、ブラッドと呼ばれても知らんぷりをしている。かつてはあれほどイライラと気が立っていて、誰彼かまわず吠《ほ》えたのに、今では随分とおとなしくなった。夜中に時々、うなされて吠えることもあるけれど、僕がそばにいる時には絶対に吠えない。『お座り』や『お手』もできるようになった。

ヤンと過ごすこれからの人生を考えると、ワクワクする。

こんな僕でも、ヤンは必要としてくれるのだ。

1.

ここは平塚《ひらつか》から車で1時間ほど走った場所にある、横浜市郊外の新興住宅街だ。立ち並ぶ家々はどれもそれなりに小綺麗ではあるが、町並みとしては統一性がなく、バラバラで、まったく調和がとれていない。狭い敷地いっぱいに、それぞれの安っぽい自己主張をしたセンスの悪い家がぎっしりと立ち並んでいる。仰々しい屋根瓦《がわら》を載せた日本風家屋の隣に赤い三角屋根のロフト付き家屋があり、その隣に灰色のコンクリートが剝《む》き出しになった、デコボコした形の前衛的な家屋が建っているのには、苦笑いするしかない。

僕は今、切れかかった街灯の下に停めたワンボックスカーの運転席に深くもたれ、濃いスモークシールドを張ったサイドウィンドウから、そんな家々の1軒——レンガ風の外壁を張り巡らせた洋館——を見張っている。

1カ月ほど前、僕はこの古いトヨタのワンボックスカーを購入した。今度の計画を実行するには、やはりポルシェでは具合が悪い。

あちこちに傷のできた10年落ちのワンボックスカーの白いボディには今、『クリーニングの石井』と書いてある。これはついさっき僕が黒いマーカーで書いたもので、『クリーニングの石井』の前は『桜井青果店』だったし、その前は『亀田酒店』だった。ナンバープレートは偽造だが、自分で4日もかけて精巧に作ったものなので、ちょっと見ただけでは偽物だとはわからないはずだ。

もう夜の10時を回っていて、住宅街の細い路地はひっそりとしている。歩いている人もほとんどいない。時折、近くのバス停で降りたスーツ姿のサラリーマンやOLが、足早に自宅へと向かって行くだけだ。

空には星が瞬いている。月がとても綺麗だ。辺りからは秋の虫の声がきこえる。

僕はすでに1時間あまり、こうやって車の窓から、レンガを模したタイルの外壁に囲まれた洋館風の2階建の家を見つめている。

もちろんその家も近所の家々に負けず劣らず悪趣味で、家主や施工業者のセンスを疑いたくなる。庭は狭いが、室内はそれなりに広そうだ。たぶん、総床面積は150㎡近くあるだろう。家をぐるりと取り囲むように、何種類かの針葉樹が植えられている。仰々しいオーク材のドアの付いた玄関の前には狭い駐車スペースがあるが、そこには車が停まっていない。

僕はその家を見つめ続ける。たぶん、そろそろこの家の主人が帰宅するはずだ。

やがて──車のヘッドライトがアスファルトを照らし、その男の運転する白いセダンが、路地の向こうを曲がってこちらに向かって来た。

白のクラウン。間違いない。それは、あの男の車だ。

僕はダッシュボードの陰に身を隠し、クラウンの運転席に座る男をじっと見つめる。男の車は僕の乗った汚れたワンボックスカーの脇を通り過ぎると、バックから自宅の前の駐車スペースに停まった。

車のライトが消され、中年の男がドアを開けて外に出る。ドアの脇のインターフォンを押し、そこに向かって何か言っている。鍵《かぎ》を持たない主義なのだろうか？　スーツのポケットに片手を突っ込んで、妻がドアを開けるのを待っている。

僕はワンボックスカーの運転席に身を屈《かが》め、30ｍほど向こうに立つ男を凝視し続ける。

──男は52歳。横浜で3店舗の輸入雑貨店を経営している。背が高く、がっちりとした体つきをしていて、口髭《くちひげ》と白くなりかかった髪がなかなかダンディだ。

やがて、男の妻が玄関のドアを開けた。女の唇が、『おかえりなさい』という形に動くのが見える。

男の妻は白いネグリジェのようなものを着ている。スラリとして痩《や》せているが、豊かな胸がネグリジェを高く突き上げているのが、30m離れた車の中からでもはっきりとわかる。男は横浜郊外に建つこの悪趣味な家に、この50歳の妻と、13歳になる中学生の息子と3人で暮らしているのだ。

男がドアの向こうに消えるのを見届けてから、僕は頭の中で、自分の計画をもう1度、復習する。ここで、こうして男の帰りを待つのはもう4日になるが、いつも男はこの時間に帰宅する。1度だけ、もっと遅いこともあったが、早いことはなかった。

大丈夫。きっと、うまくいく。

車のエンジンをかけ、CDプレーヤーのスイッチを入れる。

モーツァルトが響き始める。

2.

――午前6時。

ヤンを連れて海岸まで散歩に行く。

今朝はこの秋いちばんの冷え込みになった。ヤンと僕の吐く息が白く煙る。

この季節にしては珍しく、今朝は海からの風が吹いている。舌先で唇を嘗《な》めると、わずかに塩辛い。

冷たい波の打ち寄せる平塚海岸を相模川河口から花水川河口まで、漂流物を眺めながらゆっくりと歩く。斜めから射す朝の光が、水面を細かく光らせている。途中で、顔見知りになった愛犬家たちとすれ違い、挨拶《あいさつ》を交わす。その中の何人かはヤンの頭や背中を撫《な》でてくれる。「いい犬ですね。何ていう種類なんですか？」と、きく人もいる。

僕は笑顔で、「ただの雑種ですよ」と答える。

ブラッドと呼ばれていたヤンを、前の飼い主がこうして散歩させたことはほとんどないはずだが、もし万一、散歩の途中でかつてのブラッドを知っている人に出会ったとしても、きっとその人にはこの犬がブラッドだとはわからないだろう。

そう。ブラッドは7月の台風の吹き荒れた晩にヤンに変わり、今では見違えるほど美しく、逞《たくま》しく、優しく、素直になった。

海岸の散歩の帰り道、かつてヤンが飼われていた家の前を通る。またそこに連れ戻され、鎖に繋《つな》がれるとでも思うのだろうか？　その家が近づくと、ヤンは尻込《しりご》みして歩みを鈍らせる。怯えたような目で僕を見上げる。

「大丈夫だよ、ヤン」

僕はそう言ってヤンを見下ろし、笑顔で頷《うなず》いてみせる。「もう2度と鎖で繋いだりしないからね」

まるで僕の言葉がわかったかのように、ヤンはまた歩き始める。

イブキの生け垣のあいだから、かつてヤンが、そこに繋がれていた場所を見る。日が当たらず、風通しも悪い、ジメジメとした裏庭。もちろん、そこにもう、あのみすぼらしい茶色の雑種犬はいない。

そうだ。もう、あそこにブラッドはいない。そして——この家の世帯主である38歳の男も、もはやこの家にはいない。

少しずつ強くなり始めた朝の光が、ヤンと僕の体をポカポカと暖めていく。すぐ目の前のアスファルトを、僕たちの影がのんびりと歩いていく。

僕は天を仰ぎ、冷たい秋の空気を肺いっぱいに吸い込む。


いつもの癖で、両親に虐待されていたあの女の子が暮らしていたアパートのベランダを見上げる。今ではその部屋は空き家になっていて、ベランダの物干し竿《ざお》にバスタオルらしき緑色の布が1枚、はためいているだけだ。

女の子の母親はもちろん今、太い鎖を体にグルグル巻にされて相模湾の底に沈んでいる。それはわかっているのだが、父親のほうは行方がわからない。父親は妻が失踪《しっそう》したあと、愛人だった女と行方をくらましてしまったらしい。

そんなわけで、女の子は今も児童相談所にいる。僕が引き取ろうかと考えたこともあったが、ひとり暮らしの男性が女の子の里親になるのは難しいらしい（性の奴隷にでもすると考えているのだろうか?）。

かわいそうだが、両親に虐待を受け続け、最後には殺されてしまうよりはずっといいだろう。

僕たちの暮らす2階の居住空間にも朝の太陽が深く射し込んでいる。自宅に戻ると、すぐにアンプのスイッチを入れる。ヤン・コックが指揮するモーツァルトのクラリネット協奏曲が軽快に響き始める。

ヤンの4本の足を1本ずつ雑巾《ぞうきん》で丁寧に拭《ふ》きながら、ふと、大きな窓の向こうのベランダの手摺《てす》りを眺める。

この秋はまだ、わが家のベランダにポルカがやって来ない。だが、心配はしていない。まだ10月も中旬だ。毎年、ポルカは11月半ばを過ぎないとやって来ない。

つい先日も近くの公園で、ポルカがほかのハシボソガラスたちと一緒になってドングリを啄《ついば》んでいるのを見かけた。きっとあと1カ月もすれば、ベランダに姿を見せてドッグフードをねだるようになるだろう。

ヤンが朝食のドッグフードをガツガツと貪《むさぼ》るのを眺めながら、サイフォンでいれたばかりの熱いキリマンジャロを飲み、ヤン・コックが指揮するクラリネット協奏曲をきく。ふと、地下室の男のことを思い出す。

そうだ。地下室の男にも朝食を運ばなければならない。

地下室の扉を開ける。鉄格子の向こうに、14人目の犠牲者になるはずの男がロープに繋がれて立っている。

そう。男はまだ、立っている。

「おはようございます」

明かりを点《つ》け、鉄格子の向こうに立つ濃紺のスーツに身を包んだ中肉中背の男に、そう声をかける。

うなだれていた男が、憔悴《しょうすい》しきった顔をこちらに向ける。窪《くぼ》んだ目が気持ち悪いほどに充血している。男の唇が微《かす》かに動くが、言葉はきき取ることができない。

「さあ、朝食の時間ですよ」

そう言って、僕は鉄格子に近づく。

ヤンが3歳なのだということを僕に教えてくれたのは、この男だ。

3.

男がこの地下室にやって来て、きょうでもう4日目になる。彼がこれほど頑張るとは、さしもの僕も予想しなかった。

もちろん、ヤンは男を見たわけではない。だが、元の飼い主がすぐ近くにいることがわかったのかもしれない。男が地下室に来てしばらくのあいだ、ヤンは何となく落ち着かない様子だった。

男はセンスの悪い濃紺のスーツを着込み、安っぽい黒革のビジネスシューズを履き、すでに55時間にわたってその場に立ち尽くしている。男の首には水玉のネクタイのほかにナイロンロープがきつく巻かれていて、ぴんと張ったロープの先端が天井の太い鉄製のパイプに結びつけてある。

天井のパイプと男の首とを繋いだロープは棒のように張り詰めていて、まったく弛《ゆる》みがない。だから男には、眠ることはもちろんのこと、座ることも、中腰になって休むこともできない。もし、男がほんの少しでも腰を屈《かが》めようとすれば、それだけで首が絞まって縊《い》死《し》してしまう。おまけに両手首をガムテープで背後に縛られているので、頭上のロープにぶら下がって休むこともできない。

だから男は、どんなことがあっても、その場に自分の2本の足だけで立ち続けていなければならない。それができなくなった時が――この38歳の高校教師の死ぬ時だ。

その昔、フランスの監獄では凶悪な罪を犯した囚人たちの首にロープを回し、こうやって地下牢《ろう》の天井から吊るしたのだという。ビクトール・ユゴーの『レ・ミゼラブル』だったか、『ノートルダム・ド・パリ』だったかで読んだことがある。

ただし、フランスの囚人たちは手を縛られていなかったから、首に結ばれたロープを両手でしっかりと摑《つか》んで途切れ途切れの浅い眠りを貪ることはできたらしい。たぶん、それも地獄の苦しみだろうが、僕の目の前に立つこの男に比べればマシだろう。

かつてのヤンの飼い主であるこの男には、ロープにぶら下がって眠ることさえできないのだから——。


「おい……もう、いいかげんにしてくれ……なあ、もう、許してくれ……頼む……もう限界だ……足がだるくって、もう立っていられないんだ……」

地下室の入口に姿を現した僕に、男が呻《うめ》くように言った。

「頼むから、これをほどいてくれ……ほんの少しでいい……ほんの10分でいいから……床に座らせてくれ……お願いだ……腰は痛いし、頭も痛いんだ。もうフラフラで、足の感覚がなくなってるんだ……」

男はこの3日間、一睡もしていない腫《は》れ上がった目で僕を見つめる。

革靴を履いた男の足元には、膀胱《ぼうこう》からカテーテルで繋がれた透明な尿バッグがあり、そこには茶褐色に濁った尿が半分ほど溜《た》まっている。その尿の状態を見ても、彼が疲労し、消耗し切っているのは明らかだ。

僕は無言で鉄格子の中に入り、片隅にあったアルミ製の点滴台を男の脇に引き寄せる。

高カロリー輸液のパックをそこに吊り下げ、男の静脈に注入する用意をする。

「なあ、頼むよ……頼むから、これをほどいてくれ……ここから出してくれ……そうしたら何でもする……警察には絶対に訴えない……だから、頼む……ここから出してくれ。こんなこと、もうやめてくれ……」

喘《あえ》ぐように言う男の声をききながら、ガムテープで後ろ手に縛られた男のスーツの腕をまくり上げ、浮き出た静脈に点滴用の針を突き刺し、絆創膏《ばんそうこう》で固定する。それが唯一の栄養源だとわかっているから、男もたいした抵抗はしない。

男の肛門《こうもん》には何の処理もしていないが、この高カロリー輸液には便の排出を抑える薬品が混ぜてあるから、たぶん当分のあいだ排便はしないだろう。そのうち、少しぐらいはするかもしれないが、きっとそうなる前に力尽きるだろう。

「1時間で点滴は終わります。その頃、また来ます」

男にそう告げて、僕は鉄格子から出ようとする。

「待ってくれ……頼む……行かないでくれ……もう立ってられないんだよ……気を失いそうなんだよ……頼む。せめて、手だけでもほどいてくれ……お願いだ……」

苦痛に顔を歪《ゆが》めて男が言い、僕は足を止めて振り返る。やつれ切って、青黒くなった男の顔をじっと見つめる。

この男を拉致《らち》してここに運び込んだのは、決して計画的な行動ではなく、どちらかと言えば行き当たりばったりの偶発的な行動だった。

3日前の深夜、356ポルシェで箱根をドライブした帰りに、たまたま男の家――かつてブラッドと呼ばれていたヤンが飼われていた家――の前を通りかかると、スーツ姿のこの男が自宅の小さな門を開けて中に入ろうとしているところに出くわした。

間違いなかった。それは、錆《さ》びた鎖にヤンを繋ぎ止めていた、あの男だった。

僕は素早く辺りを見まわした。深夜の街はひっそりと寝静まっていて、辺りに人の気配はなかった。

僕の計画では、この男を拉致するのはもっとずっと先のはずだった。だが、このチャンスを逃す手はなかった。

僕は男に声を掛けた。

「あの……ちょっと、すみません……道に迷ってしまって。ここに行きたいのですが、どうしたらいいのでしょうか？」

僕はダッシュボードから素早くスタンガンを取り出すと、ポルシェの助手席のドアを開き、助手席のシートに道路地図を広げた。もし、うまくいかなそうなら、すぐに諦めて帰宅するつもりだった。

男はちょっと迷惑そうな様子を見せた。だが、しぶしぶ車に近づき、開かれた助手席のドアから上半身を車内に入れた。男の息はひどく酒臭かった。

僕は決意した。

「すみませんね」

そう言って微笑みながら、スタンガンを男の首筋に押し当てた。

僕は前々から計画していた通り、男を天井からナイロンロープで吊るした。そして、男の口から、今ではヤンと呼ばれるようになったあの犬が9月に3歳になったということ以外にも、さまざまなことをきき出した。

彼が茅ヶ崎《ちがさき》出身の38歳だということや、今は近くの高校に数学の教員として勤務しているということ。あの家には彼のほかに、やはり高校の英語の教員をしている37歳の妻と、14歳と12歳の娘が暮らしているということ。茅ヶ崎には今も男の実家があり、そこには67歳の父と66歳の母が住んでいるということ。ブラッドはまだ子犬だった時に、小学生だった長女が友人からもらって来たということ。ブラッドという名前はハリウッド・スターのブラッド・ピットから娘が付けたということ。最初は子犬をかわいがっていた娘たちは、すぐに飽きてしまい、それからは2年半以上も、誰ひとり散歩には連れて行っていなかったということ。餌にはいつもご飯に味噌汁《みそしる》をかけて与えていたが、時には餌を与えるのを忘れることもあったということ。家族で旅行する時には少し多めの餌を与えはしたけれど、別に誰かに世話を頼むわけでもなく、そのまま繋ぎっぱなしにしておいたということ。だけど、自分には犬を虐待しているという気はまったくなくて、実家で飼われている犬も同じような境遇にあるということ。犬はそういうふうに飼うものだと思っていること……。

男の話を聞きながら、僕はこの男が苦しみ抜いたあげくに死ぬ、その瞬間を見届けたいと思った。

「いいかげんにしてくれ……あんた、いったい、どういうつもりなんだ？」

足を止めて振り向いた僕に、男は言った。

「俺は毎日くたくたに疲れ切って帰って来るんだ。だから……犬の散歩になんて行けるわけがないじゃないか？……俺はもともと犬なんて飼いたくなかったんだ。動物は好きじゃないんだ……だけど、娘たちがちゃんと世話をするって言うから、それで飼うことを許しただけなんだ……畜生……それなのに……」

男は本当に疲れ切っているのだろう。重心を右足にかけたり、左足にかけたりして、絶えずもじもじと体を動かし続けている。時折、よろけかけて首が絞まり、慌てて立ち直す。この3日間の男の苦しみをちょっと想像してみるだけで、下半身がだるくなる。

「そうですか？」

僕は言う。「それじゃあ、あなたの次には犬の世話を怠った娘さんたちを、ここに連れて来て、あなたと同じような厳しい罰をあたえなければなりませんね」

僕の言葉に男の顔が強《こわ》ばり、「やめてくれっ！　娘たちには手出ししないでくれっ！」と叫ぶ。

「それじゃあ、娘さんたちの身代わりとして、親であるあなたが、ここで罪に服さなくてはなりませんね」

僕が微笑み、男が身悶《みもだ》えして呻く。透き通ったカテーテルの中を、茶褐色の尿が流れ落ちて尿バッグに溜まる。

「……頼む。少しでいいから座らせてくれ……頼むよ。もうダメだ。本当に立ってられないんだよ……腰は痛いし、足は浮腫《むく》んでるし、頭はボーッとして、どうにかなっちまいそうなんだ……頼むよ。もう、こんなことは、やめてくれ」

僕は無言で首を横に振る。

「あんた、頭がどうかしてるんだ……畜生……たかが犬ぐらいのことで、どうしてこんな目にあわされなきゃならないんだ？……そうだろ？　たかが犬の命じゃないか？……俺の犬をどうしようと、そんなこと、あんたには関係ないことじゃないか？」

僕は再び男に近づき、汚らしく髭《ひげ》が伸びた顔や、真っ赤に充血した目や、白いナイロンロープが深く食い込んだ首を見下ろす。そう。男は僕より、10㎝ほど背が低い。

僕はまた静かに微笑む。それから、男に背中を向ける。

「畜生っ！　あんた、こんなことして、ただで済むと思ってるのかっ！　死刑になるぞっ！　間違いなく、あんたは死刑になるぞっ！」

男の叫ぶ声を背後にききながら、鉄格子を出る。男はその場から動けないのだから、鉄格子の扉に鍵《かぎ》を掛ける必要はない。男の頭上の明かりだけを残し、ほかの明かりをすべて消す。「ほどいてくれ……ここから出してくれっ！」と叫び続ける男を残して地下室を後にする。

4

歩いて病院に向かう。

もう道行く人々はすっかり秋の装いに身を包んでいる。ロングブーツに薄手のコートを羽織った女たちが、足早に駅へと向かっていく。ミニスカートにルーズソックスの女子高生たちが、冷たい風が吹き抜けるたびに寒そうに体を屈《かが》めている。

病院の門のところには、煙草をくわえた若い男が立っている。黒革のジャケットにカーキ色のズボン。妊婦の付き添いだろうか？　それとも新生児の父親だろうか？　一瞬、男と目が合う。反射的に会釈するが、男は会釈を返して来ない。

僕が枯れ始めた芝生の小道を歩いて本館の奥に立つ新館へ向かいかけた、その時だった。門のところに立っていた男が、こちらに向かってまっすぐに歩み寄って来た。

僕は男に笑顔を向け、「どうしました？」ときこうとする。瞬間、男の小さな目に狂気が宿っているのを見た。男の腰のところに刃物が光っているのを見た。

男は言葉にならない声を発しながら、まるでラグビーのタックルのように僕の体に勢いよく激突した。その瞬間、僕は男が「テンチュウダ！」と叫んだのをきいた。

右腕に鋭い痛みが走った。

男と僕はもつれ合いながら芝生の上に転倒した。

だが次の瞬間、僕は男を撥《は》ね除《の》けて素早く立ち上がった。男は倒れたまま、こちらを見上げた。男の脇には銀色に光る出刃包丁が転がっていた。

男が再び出刃包丁を摑《つか》もうと手を伸ばしたが、僕は男より早くそれを拾い上げ、男に向かってそれを構えた。

「誰か来てくださいっ！」

僕がそう叫び、玄関のところにいた制服姿の警備員が、大声を上げてこちらに駆け寄って来る。

「畜生……この人殺しがっ！」

男は芝生の上に倒れたまま、僕を見上げて苦々しげに言った。

男に向かって出刃包丁を構えながら、僕は切り裂かれたポール・スミスのシャツの右腕が、鮮血に染まっていくのを見た。

5.

右腕の傷は長さが3㎝ほど。出血もそれほどではなく、バンドエイドを貼っておけば大丈夫なくらいの軽傷だ。右の肋骨《ろっこつ》の下にも小さな傷があったが、それもほんのかすり傷で、僕の診察室にある薬で間に合うようなものだった。だが、騒ぎをききつけた院長が狂ったように取り乱したので、しかたなく近くの外科で手当を受けることにした。

院長は外科医院に向かう僕の付き添いを申し出たらしいが、駆けつけた警察官たちへの対応があるのでそれを断念し、代わりに新館の婦長の寒河江啓子に僕の付き添いを命じた。いつもは冷静な院長のあまりの取り乱し方に、医師や看護婦はみんな驚いた顔をしていた。もしかしたら何人かは僕たちの関係に気づいてしまったかもしれない。

近くの外科医院では、まだ若い外科医が僕の右腕の傷を消毒してくれた。

「まったく、怖い世の中ですね。中絶に反対する人たちがいるっていうのは知ってましたけど……まさか、ここまでするとはね」

外科医の言葉に僕は無言で頷き、僕の隣に母親のように立っている婦長の寒河江啓子も、大袈裟に顔をしかめて頷く。

「出刃包丁だったんでしょ？」

「ええ」

「危なかったですね。でも、よかったですよ。このくらいの傷で済んで」

「そうですね」

僕が頷《うなず》き、寒河江啓子が同じように頷く。

確かに危なかった。だが、不思議なことに、僕は怖いとは思わなかった。もし、あの包丁が腕や脇腹をかすめただけでなく、腹部に深く突き刺さっていたら、と思うと、妙な気分にはなる。だが、それだけだ。やはり怖いとは思わない。

そう。今も昔も、僕には怖いことなど何もない。

「これは火傷《やけど》の跡ですか？」

包帯を巻いていた子供みたいな顔をした看護婦が、僕の右手首にある大豆大のアザを見てきく。

「ええ、火傷の跡です」

僕は看護婦の目を見て微笑む。「昔、母に煙草の火を押しつけられたんです」

耳元にピアスを光らせた看護婦は驚いた顔をしたが、若い外科医は僕の言葉を冗談だと受け取ったらしい。

医師が声を上げて笑い、看護婦も寒河江啓子も一緒になって笑った。

外科医院で傷の手当を受けてから『湘南《しょうなん》マタニティ・クリニック』に戻り、院長室で警察の簡単な事情聴取に応じる。

僕を襲った男は現在、警察で取り調べを受けている最中らしいが、どうやら人工妊娠中絶に反対する新興宗教団体の一員のようだ。だが、僕にたびたび脅迫状を送りつけていたのが彼かどうかは、まだ不明らしい。

「さっき院長がおっしゃってたんですが、中絶手術の専門医っていうのは、全国でもとても少ないらしいですね」

年配の刑事が丁寧な口調で言う。

「ええ……もしかしたら、人工妊娠中絶手術だけを専門でやっているのは、僕だけかもしれませんね」

そう答えながら、僕は院長の様子を見る。

院長はまだショックから立ち直れないようだ。僕を見つめ、唇を震わせている。塗り重ねたファンデーションの上からでも、顔色がひどく悪いのがわかる。目が真っ赤に充血しているところを見ると、ついさっきまで泣いていたのかもしれない。

「だとしたら、今後もこういうことが起こらないとは限らないわけですから、充分に注意されたほうがいいですね。中絶反対派の連中にとっては、古河さんのような存在は格好のターゲットなんですよ」

刑事が言い、院長が「何もかも、わたしの責任です」と言いながら、目にハンカチを押し当てる。

刑事たちが出て行ってから、院長室のソファでしばらく院長と抱き合っている。院長は「ごめんなさい、リョウ」「わたしがいけなかったの。ごめんなさい」と繰り返し、また大粒の涙を流している。たぶん、僕を新館の責任者に任命したことで自分を責めているのだろう。

「僕は大丈夫です。気にすることはないですよ」

そう言って、すっかりルージュの取れた唇にキスしてやる。

僕は本当に大丈夫だ。少しも動揺していないし、怯えてもいない。今すぐに診察室で人工妊娠中絶手術をすることも可能だ。だが院長が、きょうはもう帰宅するように言うので、その言葉に甘えることにする。

院長の涙と鼻水をティッシュで拭《ふ》いてやり、もう1度キスをしてから院長室を出る。

6.

——午後0時半。

院長に命じられた看護婦の鈴木詩織がタクシーを呼んでくれたので、それに乗って帰宅する。まず、地下室の男の様子を見る。男は朦朧《もうろう》としながらも、まだ生きている。「もう許してくれ……お願いだ。もう勘弁してくれ」という男の呻《うめ》き声を聞きながら、褐色の尿でいっぱいになった尿バッグを新しいのと取り替える。「行かないでくれ……殺さないでくれ……」と必死に哀願する男を地下室に残して、2階に上がる。帰って来た僕を見たヤンが大喜びでじゃれかかって来たので、海岸まで散歩に連れて行く。戻ってから軽く食事をし、サイフォンでいれた濃いキリマンジャロを飲み、1時間ほど窓辺のソファでモーツァルトをききながら、今後の計画を頭の中で練る。あの男が死んだら、地下室を1度、綺《き》麗《れい》に掃除したほうがいいかもしれないな、と考える。そうしていると、院長が『リョウ、大丈夫？』と電話して来る。「ええ。ちょっと昼寝でもしようと思ってたんですよ」と笑顔で答える。電話を切り、また、今後の計画を練る。

小さな紙切れにメモした住所と道路地図を見比べながら、ポルシェで横浜のあの少女の家に向かう。7月の僕の誕生日に、母親とふたりで診察室を訪れた妊娠23週だった高校1年生の少女の家だ。

僕が23週になった胎児はもう中絶できないと言って手術を断ったあと、ふたりは別の産婦人科医院に行ったのだろうか？　そこで医師に特別料金を支払い、23週にまで育った胎児を無理やり中絶したのだろうか？

少女の家はすぐに見つかった。根岸駅からしばらく行ったところの丘の中腹の古くからの住宅街の一角で、遠くに横浜港が望めた。

僕は門柱に掛けられた『菊地信一郎・和美・彩』という表札を確認してから、門の向かいにクリームイエローの356ポルシェを停めた。そして、少女が暮らす家と、傾き始めた秋の日に輝く横浜港とを交互に眺め、車のラジオから流れるカラヤン指揮のチャイコフスキーをきいた。

少女の暮らす家は古いけれど、なかなか立派な木造の2階建だ。広々とした庭にはよく手入れされた古い樹木が鬱蒼《うっそう》と茂っている。辺りにも同じような家が立ち並んでいる。

チャイコフスキーをききながら、また頭の中で今後の計画を練る。《あの人》をいつ、僕の地下室に迎え入れればいいのだろう、と考える。とりあえず、今も地下室に立っているはずの38歳の数学の教員が死んでからにしなければならないが、いったいあの男はいつ力尽きるのだろう？　それとももしかしたら、今ごろはすでに力尽き、テルテル坊主のように地下室の天井からぶら下がっているのだろうか？

遠くから汽笛がきこえた。思考を中断し、横浜港に目をやる。どうやら、大きな貨物船が港を出て行くようだ。3本並んだ太い煙突から黒い煙がたなびき、秋の空気に溶け込んでいくのが見える。国旗らしきトリコロールの旗も見えるし、甲板で動き回る男たちの姿も見える。

ぼんやりと貨物船を眺めながら、その船がこれから向かうはずの異国のことを考えていると、突然、家の門のところからあの少女が姿を現した。

瞬間、涙が出そうになる。

『菊地彩』という名の、まだあどけない顔をした16歳の少女は、臨月の突き出した腹をゆったりとしたワンピースに包んで、内股《うちまた》でソロリソロリと歩いて来る。大きな腹をいとおしげに撫でながら、僕の乗るクリームイエローのポルシェの脇を通り過ぎる。

――よかった。あの子は、生き延びたんだ。

ポルシェのエンジンをかけ、サイドブレーキを下ろす。

7.

夕暮れの国道16号線を平塚に戻る途中、以前、このポルシェの排気ガスで殺した男のことを思い出した。

――あれは確か、僕が手をかけた5人目の犠牲者だった。

男は建築資材を運ぶ大型トラックの運転手だった。よく日に焼け、鼻の下に口髭《くちひげ》を生やしていた。僕より少し、年上のように見えた。男は、僕がジョギングの帰りに通る公園の脇に毎朝のようにトラックを停め、その運転席で仮眠したり、食事をしたり、新聞や雑誌を眺めたりしていた。絶えずエアコンを使っているらしく、夏でも冬でもエンジンをかけっぱなしで、ディーゼル・エンジン特有の排気ガスが辺り一帯に立ち込めていた。男のトラックが立ち去ったあとにはいつも、灰皿から捨てたらしい煙草の吸い殻が大量に落とされ、弁当や割り箸《ばし》や、カップ麺《めん》やアイスクリームの空き容器や、空き缶や空きビンや、雑誌や新聞などが散乱していた。

僕は1度だけ、駐車中のトラックのドアをノックし、窓から顔を出した男に、「すみませんが、駐車中はエンジンを止めてもらえないでしょうか？」と言ってみた。だが男は敵《てき》愾心《がいしん》を剝《む》き出しにした目で僕を睨《にら》みつけ、「うるせえ、バカ野郎っ！」と怒鳴っただけだった。

あの日は珍しく、男は早朝ではなく深夜に、公園の脇にトラックを停めていた。僕はトラックの扉をノックしてそれを開かせ、身を乗り出した男の首筋にスタンガンを押し当て、脇に停めたポルシェの助手席に押し込むことに難なく成功した。

あの晩、僕は拉致《らち》した男を、地下室の鉄格子の中に閉じ込め、ガレージに停めた356ポルシェの排気ガスをゴムホースで引き込んで、地下室に排気ガスを充満させた。

男がどんなふうに苦しみ、どんなふうにのたうち、何を叫びながら死んだのかは知らない。2時間ほどエンジンを吹かしたあとで地下室の扉を開けると、狭い地下室は濃厚な排気ガスで真っ白に曇り、しばらくは中に入れないほどだった。

僕は翌朝になって、充満した排気ガスがいくらか薄らいでから、ようやく地下室に入った。男は鉄格子の足元にすがりつくようにして死んでいた。頑丈な鉄格子に何度も体当たりを繰り返したらしく、筋肉質な体が傷だらけになっていた。

男が所持していた免許証から、僕は彼が千葉県に住む33歳だということを知った。免許証の中からは、幼いふたりの子供と一緒に写った妻の写真が出て来た。上の子は男の子で、3歳ぐらい。下の子はまだ赤ん坊で、茶色の髪をした小柄な妻に抱かれていた。


その後、2週間以上も、地下室からは排気ガスの臭いが抜けなかった。いや、あれからすでに、2年の歳月が流れたが、今でも僕は時折、あの地下室で排気ガスの臭いを感じることがある。

もうあの男の妻が抱いていた赤ん坊も随分と大きくなっただろう。下の子はもちろん、上の子も、もう父親の顔を覚えていないかもしれない。


もう1度、言う。

僕は正義の使者のつもりではないし、チャールズ・ブロンソンのように、法の網にかからない悪人たちを退治しているつもりでもない。

そんなことは関係ない。

僕はただ、殺したいだけだ。殺して殺して、殺しまくりたいだけだ。殺しても殺しても、まだまだ殺したいだけだ。

殺人は僕のライフワークなのだ。

8.

自宅に戻って、地下室の男の様子をうかがう。

60数時間にわたってそこに立ち続けた男は今にも倒れてしまいそうだが、何とか持ちこたえている。だが、もはや時間の問題だろう。男には幻覚が見え、幻聴がきこえ始めているようだ。顔は人相が変わるほど浮腫《むく》んで土色になっている。ここ数時間、ほとんど尿をしていないところを見ると、腎臓《じんぞう》の機能がかなり低下しているに違いない。たぶん、今夜あたりが限界だろう。

2階に戻ると、ヤンが何となく不安そうにしている。どうやらヤンは、元の飼い主が自分のすぐ近くにいて、死にかかっていることに気づいているらしい。かつてあれほどひどい仕打ちをされたというのに、それでもまだ、地下室にいる男のことを心配しているのだろうか？

ヤンの散歩を済ませてから、2階のキッチンでドボルザークをききながら夕食を作っていると、また院長から電話が来た。

『もしもし、リョウ？　具合はどう？』

院長の声はまだ震えていて、今にも泣き出してしまいそうだ。

「もうすっかり良くなりました。ご心配かけて済みませんでした」

『何言ってるの？　リョウを新館の責任者なんかにしたわたしがいけなかったのよ。本当にごめんなさい』

「そんなふうに自分を責めないでください。僕は大丈夫ですから」

『でも、もうリョウにあんな仕事は続けさせられないわ……実は、もう新館を中絶手術の専門病棟にするのをやめようかと思ってるの』

「何を言い出すんですか？　考え直してください。僕は今の仕事が気に入ってるんです。もし院長が本当にそんなことをするなら、僕は病院を辞めさせてもらいますよ」

『でも……』

院長はそこまで言って、急に涙声になる。『もし、今朝、リョウがあの男に刺し殺されていたらと思うと、もう何も手につかないのよ……これからも、あんなことがあるかと考えると、不安で不安で、いても立ってもいられないのよ』

誰かにこれほど心配してもらったのは、生まれてから初めてだ。院長の泣くのをきいていると、僕も涙が込み上げそうになる。

「大丈夫ですよ、院長。もう泣かないでください。そんなにまで心配してもらって、とても嬉《うれ》しいです」

院長が明日も休むように言うが、「明日は出勤します」と言って電話を切る。

シャワーを済ませてから、ドボルザークをききながらヤンと一緒に食事をする。今夜はドライ・トマトのスパゲティを作り、白身魚を油で揚げた。シャブリを1本飲み干し、床にしゃがんでしばらくヤンと遊んでから、ブルゴーニュ産の赤ワインと毛布を持って地下室に降りる。

そう。今夜は地下室のベッドで眠るつもりだ。ヤンにも元の主人の最期を見せてやろうかと考えるが、それはやめる。

9.

地下室のベッドに――12人目の被害者がそこで餓死し、13人目の被害者がそこで鞭打《むちう》たれた鉄製のベッドに――横になっている。

目の前の光の中には、後ろ手に縛られた38歳の数学の教員が、天井から下がったナイロンロープに繋《つな》がれて、朦朧《もうろう》となって立っている。土色の顔は浮腫んで、すでに死人のようだ。ズボンに隠れて足は見えないが、それはきっと顔以上に浮腫み、革靴の中でパンパンに膨らんでいるに違いない。時折、意識がなくなるのだろう。ガクッと膝《ひざ》が折れ、次の瞬間、慌てて立ち直る。

「もう諦めたほうがいい。そのほうが楽になりますよ」

ベッドに横になったまま僕は言う。「あなたが生きているうちは、僕はどんなことがあっても、そのロープはほどきませんから」

だが、男は僕の言葉にまったく反応しない。腎臓は今ではまったく機能していないのだろう。2時間ほど前に取り替えた尿バッグには、新たな尿は溜《た》まっていない。いや、腎臓だけではない。男の体内ではすべての臓器が死につつあるのだ。

彼があそこに立って、まもなく72時間になる。おそらくその間、男の中では凄《すさ》まじい葛《かっ》藤《とう》があったはずだ。僕はそれを想像する。生への執着と、もう諦めて楽になりたいという絶望。たぶん、男はそのふたつのあいだを、何度も何度も行き来したはずだ。

光の中に立つ死人のような男の顔を眺め、彼の次にこの地下室を訪れるはずの《あの人》のことを考えているうちに、眠りがやって来た。

夢の中にはまだ若い母が出て来た。母の夢は久しぶりだった。


男の断末魔の呻《うめ》きに、僕は目を覚ました。

力尽きた男は、天井のパイプに繋いだロープにぶら下がって、微《かす》かに悶《もだ》えた。焦点の定まらない目を大きく見開き、もう1度、立ち直ろうと足をもがかせ、ヒクヒクと全身を痙《けい》攣《れん》させ、そして——もう動かなくなった。

僕は命をなくして天井からぶら下がった男を、しばらく見つめ、それからまた母の夢を見るために目を閉じた。

10.

母と僕が住んでいたアパートにはいつも、いろいろな男たちが出入りしていた。真夜中に隣の部屋からきこえる母の声に、僕が目を覚ましたことも1度や2度ではなかった。

その声がきこえ始めると、もう眠れなかった。幼かった僕は布団の中で体を硬くして、それが終わるのをじっと待った。母の声は泣いているようにもきこえたし、苦しんでいるようにも、笑っているようにもきこえた。

幼かった僕には、母の声の理由はわからなかった。ただ、襖《ふすま》の向こう側を、決してのぞいてはいけないのだということだけはわかっていた。

11.

朝刊を広げると、社会面に神奈川県平塚市で産婦人科の医師が中絶反対論者の男に襲われた、という小さな記事が載っていた。

自分のことを新聞で読むのは不思議な気分だ。

きっと僕が殺されていたら、この記事はもっと大きくなったのだろう。

秋の天気は変わりやすいが、このところ好天が続いている。

院長に言われたとおり、今朝はポルシェで出勤する。これからは毎朝、必ず車で出勤するというのが、院長と僕との約束だ。雨の日にはポルシェには乗れないからタクシーを呼ばなくてはならないが、しかたがない。

いつものように新館に入ると、婦長や看護婦たちが口々に、「古河先生、もう大丈夫なんですか？」と声をかけてくれる。小山美紗が僕のデスクにおいしいレギュラー・コーヒーを運んで来てくれる。それをゆっくり味わってから本館の院長室に向かう。すれ違った本館の医師や看護婦たちも、「もう傷のほうは大丈夫なんですか？」「ひどい目にあいましたね、古河先生」「おい、古河、気をつけたほうがいいぞ」と声をかけてくる。「ご心配をおかけして、すみません」「もう大丈夫です。ほんのかすり傷ですから」と笑顔で答える。院長室に入ると、グレイのパンツスーツに身を包んだ院長が、「リョウ」と叫ぶように言って駆け寄って来る。「ああ、リョウ……昨夜は心配で心配で、一睡もできなかったわ」そう言って目を潤ませ、厚くファンデーションを塗った顔を僕の白衣の胸に強く押し付ける。ドアの内側で抱擁し、唇を合わせる。院長が警察からきいた話によると、僕を襲った男は何日も前から計画を練り、あの門のところで待ち伏せていたらしい。警察の取り調べによると、男には3人の子供がいるが、妻が4人目の胎児を中絶したことに腹を立てて離婚し、その後、中絶に反対する新興宗教団体に所属し、現在はそこの熱心な信者だという。一応、男の単独犯行ということらしいが、彼が僕の存在をどうやって知ったのかはまだ不明だ。もちろん、男の妻の4人目の子を中絶したのは僕ではない。たぶん、僕を殺したいと思っているのは、あの男だけではないのだろう。「ああ、リョウ、こんなことを続けていて大丈夫かしら？」院長が僕の胸にすがりついたまま言う。一瞬、僕たちの関係のことかと思うが、どうやらそうではなく、中絶専門の施設である新館の存在のことを言ったらしい。確かに、あの新館とその責任者である僕は、中絶反対派の連中にとっては格好のターゲットだろう。僕が中絶反対派のリーダーなら、やっぱり僕を襲わせるだろう。院長はあのあとすぐに警備会社に電話を入れ、きょうから新館の警備員を3倍の6人にしてもらったそうだ。

窓辺のソファに院長と向かい合わせに座り、秋の太陽に輝く湘南の海を眺めながら、事務の女性が運んで来たコーヒーを飲む。院長室に出されるコーヒーはいつものように、最高級のジャマイカ産ブルーマウンテン・ナンバーワンだ。

「リョウに何かあったら、もう生きていけないわ」

そう言う院長の言葉に笑顔で頷《うなず》きながら、僕はまた自宅の地下室のことを考える。

そう。まもなく、地下室に《あの人》を迎え入れることになる。

あの地下室に《あの人》が来る——その前にロープにぶら下がったままの男の死体を処理し、あそこを綺麗《きれい》に掃除しておかなければならない。

「ねえ、リョウ……」

低いガラスのテーブルに播磨《はりま》焼きのコーヒーカップを置いて院長が言う。カップの縁に、微かにルージュが残っている。

「何ですか?」

微笑みながら僕は院長の顔を見る。目の脇や口の周りに小皺《こじわ》が目立つけれど、僕はそれを美しいと思う。

「もし……リョウさえ嫌じゃなかったら……あの……大磯で一緒に暮らさない?」

「大磯で一緒に?」

突然の提案に僕は驚くが、微笑みは絶やさない。

「嫌ならいいのよ……無理にというわけじゃないから……リョウを縛ったり、結婚を迫ったりするつもりもないし……」

僕は優しく頷き、院長の言葉の続きを待つ。

「……結婚とかはいいの……そういうつもりじゃないの……ただ……」

院長がちょっと不安そうな面持ちで言う。「……ただ……そうできたら……一緒に暮らせたら……すごく楽しそうだなって……」

院長は53歳の未婚女性だが、その姿は少女のようで、とてもかわいらしい。

「そうですね……そうするのも、悪くないかもしれませんね……少しだけ、考えさせてください」

僕はそう言ってまた微笑む。「そんなに僕のことを考えてくださって、正直言って、とても嬉《うれ》しいです」

「……本当？」

院長が嬉しそうに笑う。

「本当です」

コーヒーを飲み干し、低いガラスのテーブル越しに院長ともう1度キスをしてから立ち上がる。キラキラと輝く湘南の海を見る。

院長室を出て新館に向かって歩きながら、院長とふたりの暮らしを、ぼんやりと想像する。

僕が院長と付き合うようになった理由のひとつには、打算もあったのかもしれない。だが今はそれだけではない。

僕は、たぶん院長を愛している。

新館に通じる通路の手前で、僕と同い年の川村《かわむら》という医師とすれ違う。

「おい、古河、ひどい目にあったな。大丈夫なのか？」

白衣を着た川村がきき、僕は「まあ、何とかな」と答えて笑う。

「怖かっただろ？」

「ああ、少しな」

怖くはなかったが、説明するのも面倒なのでそう答える。

「だけど、古河も大変だな。中絶専門だなんてさ……俺にはできないな」

僕は曖昧《あいまい》に笑う。

「この機会に院長に直訴して、本館に異動させてもらえよ」

「そうだな」

「こっちのほうが絶対に楽しいぞ。看護婦もみんなかわいいしさ。お前のファンだって看護婦が何人もいるらしいぞ」

「本当か？」

「ああ。宮尾《みやお》麻美《あさみ》って看護婦知ってるか？」

「……宮尾？」

「なんだ、知らないのか？　うちでいちばんの美人看護婦だぞ。噂によると、その宮尾なんか、お前にぞっこんらしいぞ。まったく、羨《うらや》ましいよ」

川村は屈託なく笑う。「だから、本館に来いよ。なあ、古河、そうしろよ」

「うん。考えてみるよ」

「そうしろ。あっ、それから、たまには一緒に飲もうぜ」

「そうだな。そうしたいな。奥さんや子供たちは元気なのか？」

「ああ、みんな元気いっぱいだよ」

川村と別れ、新館への通路を歩きながら、僕はまた、まもなく地下室に迎え入れることになる《あの人》のことを考える。

12・

——午前10時。

きのう手術をする予定だった妊婦に人工妊娠中絶手術を施す。

「それじゃ、始めます」

僕が言い、手術台に横たわった女が無言で頷く。女は涙を流している。

「いいんですね？」

女の涙を見つめて、僕はもう1度、確認する。

「……お願いします」

涙声で女が頷く。

患者は32歳の主婦で、すでに4歳と2歳の子供がいる。今は妊娠10週になっているが、子宮に宿っている胎児の父親は、彼女の夫ではないらしい。最初に診察した時、質問したわけではないのに、そう教えてくれた。

「大丈夫。すぐに終わりますからね」

そう言って、女の腹部のところで仕切られた小さなカーテンの向こう側——患者の足のほうに回る。そこには大きく開いた両足を専用の台に固定された女の剝《む》き出しの下半身が、眩《まぶ》しいほどの照明に照らされている。

女の性器の正面に座り、慣れた手つきで膣口《ちつこう》を開く。女が力を入れ、腰がわずかに浮き上がる。

「力を抜いてください」

優しくそう言いながら、母体から胎児を搔爬《そうは》するためのキュレットを手に取る。

13.

1803年、中絶について述べたイギリスで最初の法律が議会を通過した。「エレンボロー卿《きょう》の法律」と呼ばれるこの法律に従い、胎動前の中絶は、鞭《むち》打ち、さらし台、投獄、流刑地への最長14年の追放という刑に処せられた。胎動後の中絶は死刑になった。

革命前のロシアでは、たとえどんな理由があろうと、中絶は禁止されていた。だが社会主義革命後の1920年11月、ソヴィエト人民委員会「健康と正義部会」は、中絶は希望するすべての者がソヴィエトの医療機関で無料で受けられると発表した。

1921年、アルゼンチンの急進党は、女性の生命あるいは健康を保護するための中絶、および強姦《ごうかん》による妊娠の中絶や、母親が精神異常あるいは精神的な損傷を受けている場合の中絶を許可すると明言した法律を成立させた。

第二次世界大戦前のドイツでは、ナチスが「子孫への遺伝性疾患予防法」と呼ばれる強制断種法を成立させた。それによると、断種の対象として選ばれた妊婦には胎児がまだ体外生育能力を持たない場合の中絶を強制することができた。

1935年、アイスランドは、女性の生命あるいは健康を保護するための中絶は、妊娠8カ月までなら合法であるとした。しかし、母親がきわめて危険な状態の時は、これよりさらに妊娠月齢が進んでいても中絶することが認められた。

14

——午後6時。

ポルシェで帰宅すると、2階の床に置いた花瓶に色とりどりのコスモスが咲いていた。家政婦の芝草さんが生けていってくれたのだろう。ベッドもきっちりメイクされていて、干したらしい布団からは太陽の匂いがした。食事の前に海岸までヤンを散歩に連れて行く。それからシャワーを浴び、今夜は芝草さんがご飯を炊き、味噌汁《みそしる》と煮物とサバの味噌煮を作っていてくれたので、それを食べながら久しぶりに日本酒を飲む。食事のあと、しばらくモーツァルトをききながらヤンと遊び、また《あの人》のことを考える。

そうだ。まもなく《あの人》が来る。やはり今夜のうちに地下室の大掃除をしなければならない。

男の死体をロープから下ろし、古いシーツにくるんで1階のガレージに運び上げる。ガレージには、ポルシェの隣にトヨタのワンボックスカーが停まっているため、とても狭苦しい。まあ、それもあとしばらくの辛抱だ。

シーツにくるまれた男の死体をガレージの片隅に横たえてから地下室に戻り、タイルの床に水と洗剤を撒《ま》き、デッキブラシでゴシゴシと擦《こす》る。たちまち全身が汗を噴き出し、エアコンを入れる。床だけでなく、床に据えつけられた洋式便器や壁もデッキブラシで洗う。

《あの人》をここに招待するのは明日がいいだろうか？　それとも、明後日だろうか？

地下室の大掃除が終わったのはもう深夜だったが、死体を運ぶにはかえって好都合だ。男の死体を、今夜はポルシェではなく、ワンボックスカーの荷台に積んで茅ヶ崎のヨットハーバーに向かう。

相模川をまたぐ馬入橋《ばにゅう》を渡りながら、また《あの人》のことを考える。

15.

――午前2時。

横浜郊外の新興住宅街にいる。ボディに黒いマーカーで『松島畳店』と書かれたトヨタのワンボックスカーの窓から、《あの人》が暮らす家——レンガを模したタイルの外壁に囲まれた悪趣味な洋館風の家を見つめている。

こちらを向いた2階の一室が、おそらく夫婦の寝室なのだろう。明るい色のカーテンが、室内の薄明かりにぼんやりと照らされている。

《あの人》はもう眠ったのだろうか？　それとも、あの明かりで読書でもしているのだろうか？

僕は目を閉じる。頭の中で、計画をもう1度復習する。

16.

朝からどんよりと曇って、肌寒い。天気予報によると、午後から雨が降りだし、夜半過ぎには土砂降りになるそうだ。

《あの人》を地下室に招待するなら、こんな夜を逃す手はない。

雨が降りそうなので、ポルシェではなく、タクシーを呼んで出勤する。タクシーから降りた僕に警備員がふたりも駆け寄り、新館の入口まで付き添ってくれる。その様子があまりに大袈裟《おおげさ》で、何だか照れ臭い。

デスクに座ると、約束のとおり院長室に電話を入れて、『無事に着きました』と報告する。それからデスクに積み上げられた書類や郵便物のひとつひとつに目を通す。

出刃包丁で僕を襲った男はまだ警察にいるはずだが、今朝も僕宛に差出人名のない封書が届いている。白い紙にパソコンから打ち出された無機質な文字の羅列の中で、彼女は(あるいは彼は)、相変わらず僕を『人殺し』だと激しく非難している。

そういう手紙類は、今後はすべて院長に提出するように言われているので、ゴミ箱には入れずにデスクの引き出しにしまっておく。

今朝もかわいらしい顔をした鈴木詩織が、インスタントではないコーヒーを運んで来てくれる。いちいち何か言うのも面倒なので、ありがたく飲ませてもらうことにする。

夜勤明けで帰宅するはずの小山美紗がまだ残っていて、「古河先生、傷の具合はどうですか?」と言いに来る。

「わたし、先生のことが心配で、心配で、気が狂いそうだったんですよ」

「ありがとう。もう何ともないよ」

そう言って微笑む。

17.

——午前10時。

まだ雨は降り出さない。

きょう最初の人工妊娠中絶手術を、新館ではなく本館の手術室に出向いて行う。手術の前に、患者の不妊治療を担当していた医師やカウンセラーや、超音波技師や看護婦たちと簡単な打ち合わせをする。

そう。今朝の手術はいつもの中絶手術ではない。それは多胎妊娠（3人以上の胎児を妊娠すること）をしてしまった妊婦に施される、胎児の数を減らすための手術である。

3人以上の胎児のうちの何人かを選択的に堕胎する手術——それは医師たちのあいだでは減数手術、あるいは減胎手術と呼ばれている。選択的堕胎とか、選択的減少とか、選択的中絶などと呼ばれることもある。

患者は37歳の主婦である。彼女は当医院の本館で5年にわたってさまざまな不妊治療を続けた末に、2カ月半前、ようやく妊娠が確認された。だが、39歳の夫と彼女が歓喜に浸っていられたのは、ほんの少しのあいだだけだった。その4週間後、彼女の胎内には5人もの胎児がいることが判明したのだ。

不妊治療における多胎妊娠は、それほど珍しいことではない。通常、日本人の妊娠においては、双子が生まれる確率は70〜90回に1度と言われている。ましてや、3つ子や4つ子が生まれる確率など、ないに等しい。だが、排卵誘発剤を使った不妊治療を行った場合、その確率は飛躍的に上昇する。

担当医から5人もの胎児を妊娠したことを知らされた夫婦は、激しく動揺した。それは当然のことだ。だが夫婦は、動揺しながらも、最初は5人全員を出産することを希望した。すぐに院長や担当医やカウンセラーや僕を含めた医師団による会議が開かれた。だが会議では、妊婦が5つ子を出産することは肉体的に不可能であり、彼女が1度の妊娠で出産できるのは、せいぜい双子までだという結論が出された。

5つ子は産めない。だとしたら——夫婦に残された選択肢は、ふたつだけだった。5人全員を中絶して最初から不妊治療をやり直すか、5人の胎児のうち3人を中絶して双子を出産するか——そのふたつだけだった。

夫婦は悩み抜いたあげくに、後者を選択した。

再び院長や担当医やカウンセラーや僕による会議が開かれ、患者に減数手術が行われることが決定された。それは胎児が12週にまで成長するのを待って（減数手術は胎児があまり小さいと、うまくできない）、この病院での唯一の減数手術の執刀経験者である僕の手によって行われることになった。

そう。ここでは、胎児を殺すのは、いつも僕の仕事なのだ。

「やっとのことで授かった赤ちゃんなんです……どの子も、どの子も、5人全員がわたしの赤ちゃんなんです」

手術台に乗る前に、37歳の患者は、初めて会う僕に涙を流してそう訴えた。何週間にもわたる苦悩で、女の顔はやつれ果て、憔悴《しょうすい》しきったように見えた。

「それなのに……そのうちの3人を殺してしまわなくてはならないなんて……3人を殺してふたりを残すなんて……先生、わたしたちは生き残った赤ちゃんを、いったいどんな顔をして育てたらいいんです？……そんなこと……そんなこと……」

あとは言葉にならなかった。

僕にはただ、頷《うなず》くことしかできない。

手術台には女が仰向けに横たわっている。超音波モニターがたてる『ビー』という微《かす》かな振動音がきこえる。

僕の傍らに立った超音波技師が、細長い超音波プローブに潤滑ゼリーを塗っている。その向かいでは、若い看護婦が慣れた手つきで、3本の注射器に塩化カリウムの液体を吸い込んでいる。

「それじゃ、始めます」

誰にともなく、僕はそう宣言する。患者の腹部に掛けられた布をまくり上げ、ぷっくりと膨らんだ腹に消毒液を塗布する。白い皮膚が、たちまち薄茶色に染まっていく。

超音波技師が無言で僕を見る。僕は彼に、やはり無言で頷く。それを合図に、超音波技師が患者の腹に、円を描くようにプローブを動かしていく。女の胎内にいる胎児たちの不鮮明な映像が、傍らのモニターに映し出される。

「あれです。見えますね？」

超音波技師が僕に言う。

もちろん見える。羊膜を満たした透明な液体の中に漂う小さな胎児――間違いない。そこには5体の胎児が見える。

「注射器を」

僕が命じ、看護婦が僕に注射器の1本を手渡す。太い注射器の先端には30㎝に達する長い針が取りつけられている。僕はその長い針の先端を、患者の腹部に慎重に宛てがう。研ぎ澄まされた針先が皮膚に触れ、そこに小さな穴があく。傍らのモニター画像を見つめながら、僕は目標物である胎児に向かって患者の腹部に深く針を刺し込んでいく。

やがて、モニターに針が現れる。鋭く尖《とが》った針の先端が、羊水を漂う、大人の親指ほどの大きさの胎児たちに迫る。

「ああっ」

手術台の上で女が喘《あえ》ぎ、身をよじって呻《うめ》く。静まり返った部屋に、その声が不自然なほどに大きく、なまめかしく響く。

「動かないで」

僕が命じ、看護婦が女の体を押さえつける。

僕は身を屈《かが》め、女の腹にさらに深く針を挿入していく。

5体の胎児のうちの、どの胎児を殺し、どの胎児を残すか――それはすべて、僕の手に委ねられている。

そう。この瞬間、僕は彼らの運命を、いや、彼らの全人生を、まるで神でもあるかのように、この手の中に握っているのだ。

――どの胎児がこれから80年の時間を生き、どの胎児が今すぐに死ぬのか？

僕は殺すべき胎児を決める。その胎児に向かって、長い針を押し込んでいく。やがて、長い針の先端が、モニターに浮かぶ5体の胎児のうちの1体の胸の部分に届く。針の先端が胎児の心臓に突き刺さる。

「ああっ」

女がまた喘ぎ、付き添っていた女性カウンセラーと看護婦が慌てて女を押さえつける。

僕は傍らのモニターを凝視する。発生からわずか12週の、小さな胎児の小さな心臓――鋭い針に貫かれても、それはまだ、震えるような鼓動を続けている。生命を維持するために、必死で血液を送り出し続けている。

けれど、もう、逃れることはできない。

僕はシリンダーを押し込む。ガラス管を満たしていた0.4ccの塩化カリウムの液体が、長い注射針の中を一気に走り抜け、胎児の心臓に注入される。瞬間、黒っぽく見えていた胎児が白く変わる。そして――発生から12週間動き続けた胎児の心臓は、その鼓動を永久に停止する。

まず、ひとり。

患者の腹部から長い針を引き抜く。どす黒い血液が針を伝って滴り落ちる。

僕は大きく深呼吸をし、看護婦に新しい注射器を渡すように求める。


殺された胎児を母体から取り出す必要はない。それは、しばらくのあいだ、生き延びた胎児たちと一緒に羊水の中を漂い続けるが、そのうち紙状胎児と言われる干からびたミイラのような状態になってしまい、やがては胎盤に吸収され、そして——完全に消滅してしまうのだ。


手術のあいだに女が何度も身動きし、そのたびに注射針がずれて、目標である胎児を見失った。そのため、3体の胎児のすべてが中絶されるまでに、予定より10分ほど長い40分がかかった。

1度だけ、狙った胎児の心臓にうまく針が届かず、目標を別の胎児に変更した。

そう。殺された胎児と生き延びた胎児のあいだには、たったそれだけの違いしかない。

堕胎された胎児の性別など、もちろんわからない。手術は成功し、女の胎内には予定どおり、2体の胎児が残った。

手術が終わって窓の外を見ると、秋の冷たい雨が湘南の街を濡《ぬ》らしていた。

18.

日本では、1948年の優生保護法の成立まで、刑法によって堕胎罪が定められていた。優生保護法は1952年に修正され、母親の健康が子供を産むことで損なわれると医師が判断した場合はいつでも中絶が可能になった。

現在、もっとも多い中絶理由は避妊の失敗によるものだが、これは『経済的理由』という母体保護法の条件を拡大解釈して医師と患者の合意のもとで行われている。

母体保護法では現在、人工妊娠中絶手術ができるのは22週未満（21週6日まで）と決められているが、1991年までは、それは24週未満とされていた。その前、1976年までは28週未満だった。

一般にはあまり知られていないことだが、12週目以降の中絶は役所に死産届けを出すように義務づけられている。

1997年の記録によれば、日本では年間約33万8000人が人工妊娠中絶手術を受けている。ちなみに、その年に生まれた赤ん坊は119万人だった。

19・

時折、ほんのたわむれに、僕は自分が中絶手術を行ったすべての子供たちが生まれていたら……と考えることがある。

もちろん、そんな考えはバカげていて、何の役にも立ちはしないけれど、それでも時々、ほんの気まぐれに、そんなことを考えてみることがある。

診察室や手術台での母親の顔や声や仕草や体つきを、できる限り細かく思い浮かべながら、僕は彼女たちから生まれるはずだった子供たちのひとりひとりを――その子たちの生きるはずだった人生を想像してみる。

確率の法則から考えれば、僕が殺した1200人近い胎児のうちの半分は男の子で、もう半分は女の子になっていたはずだ。

たとえば――先月、胎児を中絶しに訪れた34歳の独身のキャリアウーマンは、目を見張るばかりの美人で、スタイルも抜群だった。……僕は彼女のことを思い浮かべながら、妊娠11週で中絶された彼女の胎児のことを考える。

あの小さなピンク色の肉塊は、いったいどんな子になったのだろう？　もし、女の子だったとしたら、母親と同じような美しい少女に育ったのだろうか？

たとえば——いつだったか、10代の未婚の少女が僕の診察室を訪れて、妊娠15週の胎児の父親は有名なプロ野球選手なのだと言ったことがあった。「先生も絶対に知ってる人だよ」少女はそう笑って、得意げに僕にその選手の名を告げた。

その15週しか生きられなかった胎児は外性器から男の子だとわかったが、その子もやはり父親と同じように足が速くて、運動神経抜群の好青年になっていたのだろうか？

もちろん、こんなバカげた空想には何の意味もない。そんなことはわかっている。だが、想像してみずにはいられない。

僕が殺した1200人近い胎児たちの中には、とても勉強のできる子もいただろう。素晴らしい運動神経を持った子や、絵を描くのや歌を歌うのがうまい子もいただろう。社会に大きな影響力を持つ人間になった子もいたかもしれないし、明るい母親や子煩悩《こぼんのう》な父親になっていた子もいただろう。あるいは、凶悪な犯罪者になった者もいたかもしれないし、僕のような連続殺人犯になった者がいたかもしれない……。

僕に殺されなければ、その子たちはいったい何歳まで生き、何が原因で、どんなふうに死ぬことになったのだろう？　その時、彼女には、あるいは彼には、いったい何人の子供と、何人の孫がいたのだろう？

だが、彼らはすべて種のうちに処分されてしまった。今となっては、その種からどんな芽が出て、どんな花が咲き、どんな実が付いたのかは、誰にもわからない……。

20

午後からさらに気温が下がった。雨はやむ気配もない。

昼過ぎに院長が電話してきて、今夜、一緒に食事をしないかと誘われる。

『大磯に新しいイタリアン・レストランができたのよ。イタリア人の有名なシェフが始めたらしいんだけど、行ってみたくない？』

「イタリア料理ですか。いいですね……本当は行ってみたいんですけれど、実は今夜、人が来る予定になってるんですよ」

『そっちを断るわけにはいかないの？』

「そうできればいいんですけど……ちょっと、そういうわけにはいかないんですよ。すみません」

受話器を握り締めて頭を下げる。僕が院長のお誘いを断るのはとても珍しいことだ。

『人って誰なの？　若い女？』

電話の向こうの院長が、ふて腐れた声を出す。

「そんなのじゃありませんよ……実は昔、とてもお世話になった人なんです」

『そうなの？』

「ええ。すみません……また誘ってください。この埋め合わせに、そのレストランでは僕が奢《おご》りますよ」

僕はそう言って、また頭を下げる。


時間が経つにつれて、雨はますます激しくなった。

きょうは手術の予定がぎっしりと詰まっている。月に1度か2度は、こういう日がある。だが、ありがたいことに、きょうの患者はみんな妊娠の早期なので、胎児の大量殺戮《さつりく》もそう大変な作業ではない。

1時半に妊娠9週の32歳の既婚女性に中絶手術を施し、2時半に妊娠11週の18歳の未婚女性に中絶手術を施し、3時半に妊娠8週の20歳の未婚女性に中絶手術を施す。その後、インスタント・コーヒーを飲みながらヨハン・シュトラウス2世のトリッチ・トラッチ・ポルカやサティのジムノペディを聞きながら休憩し、5時に今度は、30歳の未婚女性の胎内から週齢10週の胎児をキュレットで搔爬《そうは》する。

すべての手術が終わったあとで書類の整理をし、今朝、僕が減胎手術を行った患者の担当医や女性カウンセラーと電話で話し、院長にもう1度電話を入れてから、タクシーを呼んで帰宅する。

叩《たた》きつけるような雨のせいで、ワイパーはほとんど役に立たない。こんな雨では、今夜はヤンの散歩には行けそうもない。

タクシーの中でまた《あの人》のことを考える。心臓が高鳴る。

21

横浜郊外の新興住宅街にいる。路上に停めたワンボックスカーの運転席から、《あの人》の家を見つめている。

雨が車のルーフを太鼓のように叩いている。僕はかれこれ、もう15分もこうして車の中でグズグズしているが、歩いている人はまったくいない。外は相当の寒さなのだろう。拭《ぬぐ》っても拭っても、フロントガラスはすぐに白く曇ってしまう。

ようやく決意してエンジンをかける。ヘッドライトは点《つ》けず、スモールライトだけで《あの人》の家の駐車スペースにバックから慎重に車を入れる。玄関のドアに車の最後尾をできるだけ近づけてから、エンジンをかけたまま素早く車を降り、ドア脇のインターフォンを押す。応答した女に有名百貨店の名前を告げ、「夜分にすみません。麻生さんにお届け物です」と明るく言う。僕が言葉を発するたびに、まるで煙のように白い息が口の周りに広がる。

やがて、ドアの向こうからパタパタという足音がきこえ、ドアチェーンが外される音がきこえた。僕は満面の笑みを浮かべたまま、ポケットに雨に濡れた右手を入れ、その中のスタンガンをしっかりと握り締めた。

22

玄関のドアが開かれた瞬間、ポプリの香りのする暖かな空気が、雨の戸外にふわっと溢《あふ》れ出した。

女はもう入浴を済ませていたようだ。すっかり化粧を落としていて、素肌に白いタオル地のバスローブを羽織っていた。柔らかくウェイブのかかった髪が、まだ湿っていた。

「ハンコいるの？」

女がきいた。だが、僕はそれに答える代わりに鎖骨の浮いた女の襟元を見つめ、そこにスタンガンを突き付けた。

激しい雨の中を平塚に戻る途中、ちょうど辻堂《つじどう》の辺りまで来た時、意識を取り戻しかけた女が呻《うめ》き声を立てて悶《もだ》えた。それで僕は、今度はスタンガンではなく、あらかじめ用意してきたクロロフォルムを使った。

クロロフォルムの効き目は予想どおりだった。ハンドルを握りながら、その後も何度も振り返って女の様子を確かめたが、もう女が意識を取り戻すことはなかった。

1階のガレージのポルシェの隣に停めた車から女の体を抱き上げた時、右の足先からパステルブルーの部屋履きが脱げてコンクリートの床に転がった。女は足の爪に、手の指と同じ淡いピンクのペディキュアを塗っていた。小さく並んだそれは、サクラガイのようにも見えた。

女の体は骨張っていて、とても軽かった。僕は女を抱いたまま階段を降りて地下室に向かった。


エアコンのお陰で、地下室の空気は暖められて、乾いている。豊かにウェイブのかけられた女の髪はまだ湿っているが、これならすぐに乾くだろう。

意識を失ったままの女を鉄格子の中のベッドに、そっと仰向けに横たえる。乱れたバスローブの裾《すそ》から、引き締まった太腿《ふともも》があらわになる。

入浴後にも香水を付ける習慣があるのだろうか？　女からはほのかに、甘い香りがする。

……こんな顔をしていたのだろうか？

僕はしばらくベッドの脇に立ち尽くして、そこに横たわる女を見つめる。そっと手を伸ばし、化粧気のないこけた頰や、尖《とが》った顎《あご》を撫《な》でる。淡い栗色に染められた前髪をかき上げ、まるで熱でも測るかのように額に触れる。だが……女は目を覚ます気配もない。

女はとても痩《や》せている。それがゆったりとしたバスローブの上からでもわかる。だが、これほど痩せているにもかかわらず、豊かに張り出した乳房が、白く柔らかなタオルの布地を高々と突き上げている。

　僕は目を閉じ、何度か大きく深呼吸をする。それから目を開き、またベッドに横たわる女の姿を見つめる。

　——ついに、この女をここに招待することができた。

　ひとりで微笑み、それから作業に取りかかる。なに、たいしたことではない。僕にとっては、もうすっかり慣れっこになったルーチンワークに過ぎない。

　女の上半身を起こし、彼女が羽織っているタオル地のバスローブの紐《ひも》をほどいて、それを静かに脱がせる。女は鮮やかなエメラルドグリーンのナイロンサテンのショーツを穿《は》いているが、ブラジャーはしていない。不自然なほど形のいい、豊かな乳房が光の中に剝《む》き出しになる。

　女を裸にするのは、もちろん、性的な目的からではない。そんなつもりは、まったくない。ただ、これからのことを、効果的に進めたいからに過ぎない。

　小さなショーツだけの姿になった女を、再びベッドに横たえる。仰向けになっているというのに、女の乳房はまったく形を変えない。おそらく豊胸手術で、乳房の中にシリコンパックでも入れたのだろう。

　僕は恐る恐る手を伸ばし、その豊かな乳房に触れる。ゆっくりと揉《も》みしだく。とても硬くて、弾力がある。

　クロロフォルムが相当に効いたのだろう。女はピクリとも動かない。

しばらくそれを揉みしだいていたあとで、そっと顔を近づけ、女の乳首に——想像していたよりずっと小さな乳首に——唇を触れる。口に含み、強く吸う。

女が身をよじり、濡れた唇から微かな声を漏らす。

23.

地下室から1階のガレージに行き、そこでの作業を終わらせたあとで2階に戻る。ヤンとしばらくテニスボールで遊び、それからコーヒーを飲みながらモーツァルトをきく。何度も時計を見上げ、そろそろ女は目を覚ましただろうか、と考える。ヤンがボール遊びをもっと続けたいとせがむので、またボールを投げてやる。

窓の外では、相変わらず強い雨がベランダの手摺《てす》りを叩いている。

僕はポケットに手を入れ、ついさっき、女の左の薬指から抜き取った指輪に目をやる。おそらく結婚指輪なのだろう。金色に輝く指輪の内側には、15年前の春の日付が刻まれている。

指輪を握り締めたままコーヒーを口に含み、壁を見つめる。15年前のその日、僕はどこで、何をしていたのだろう、と考える。

『幸せになりたいか？』――そうきかれれば、たいていの人が『ＹＥＳ』と答えるだろう。『もっと幸せになりたいか？』ときかれれば、やはりほとんどの人が『ＹＥＳ』と言うだろう。

当たり前と言えば、当たり前のことだ。誰だって幸せになりたいのだ。今よりもっと幸せになりたいのだ。けれど――僕は、そうは願わない。少なくとも僕だけは、そんなことは願うまい、と決めている。

富と幸福は、あまりにも偏って分配されている――。

たとえば、この地上には今も3千万人もの難民がいて、世界のどこかで、たった今も現実に、戦争や飢餓や病気や貧困や絶望のために、無数の人々が死んだり、殺されたり、自ら命を断ったりしている。

そう。それは今、本当に起きていることなのだ。そして僕は、それが事実だということを知っているのだ。だとしたら――明日の食事に困っているわけでもないこの僕が、どうして『幸せになりたい』などと言えようか？

この地球のどこかでは、今も、何万人という子供たちが、生まれてから1度もチョコレートを口にすることなく死んでいき、何万人という少女たちが、生涯にただの1度も着飾ることなくその短い生を終えていく。何万人という子供たちが明日の朝食の当てもなく空腹のまま眠りにつき、何万人という子供たちがわずかな金のために売り飛ばされ、何万人という赤ん坊が自分の目で光を見る前に死んでいく。

そして、さらに、僕はそれが本当に起きていることなのだと知っている。そうだ。僕はそれを知っているのだ。だとしたら——たとえ9歳で親に捨てられたとしても——屋根のある部屋に暮らし、寒さに震えているわけでもなく、病に喘《あえ》いでいるわけでもない僕が、どうして『もっと幸せになりたい』などと願えようか？

僕が暮らすこの国では去年も35万人近い胎児たちが、生まれることなく殺されていった。一昨年もほぼ同数の胎児たちが中絶され、おそらく今年も、親から不必要だとされたほぼ同数の胎児が殺され、来年も再来年も、やはりほぼ同数の胎児が殺されるのだろう。だとしたら——そんな事実を知っている僕が、そして実際に中絶手術を生業としている僕が、どうして『幸せになりたい』などと願えようか？

僕は湘南海岸に面した庭付きの一戸建を所有している。中絶専門医という仕事を持ち、クリームイエローの356ポルシェと薄汚れたトヨタのワンボックスカーと、小さくてオンボロのクルーザーを所有している。茶色の雑種犬と、経営状態のいい産婦人科の医院長である53歳の恋人と、インディゴ・ブルーのiMacと、ポール・スミスのスーツと、ラルフローレンのアンゴラのセーターと、三越で作らせたカシミアのコートと、ウェイフェラーのサングラスと、ルイ・ヴィトンのスーツケースと、グッチのローファーと、ロレックスのシードゥエラーと、パナソニックの36型テレビと、ボーズ社のオーディオセットと、乾燥機能付きの全自動洗濯機と、全自動食器洗浄機と、カサブランカの籐《とう》のソファと、50年以上前に作られたパイン材のテーブルと、土星の輪がはっきりと見える天体望遠鏡と、ペリカンの万年筆と、真鍮《しんちゅう》のダブルベッドと、中国製のシルクの緞通《だんつう》と、モーツァルトの一大コレクションと、マングースのマウンテンバイクと、保存状態のいい歌麿《うたまろ》の浮世絵と、アンディ・ウォーホルが描いたマリリン・モンローのリトグラフと、ウェッジウッドの紅茶セットと、WWFの会員証と、ナショナル・ジオグラフィック・ソサイエティの会員証と、アメリカン・エキスプレスのプラチナカードを持っている。

たとえ——たとえ、幸せではないとしても、僕はそれらを持っている。そんな僕が、これ以上、幸福までをも望むのはフェアなことではない。

そうだ。それは絶対に、フェアではない。

だから僕はもう、幸せになりたいなどと望むまい。決してそれを望むまい。

ヤンがボールを投げてくれとせがむ。僕は女の指から抜き取ったカルティエの結婚指輪をポケットに戻し、部屋の隅に——ベッドの向こう側に、テニスボールを転がす。ヤンが走ってボールに追いつき、尻尾《しっぽ》を振りながらそれを僕のところに持って来る。僕はヤンから受け取った涎《よだれ》だらけのボールをしばらく手の中でもてあそぶ。ヤンが僕を見上げ、もう1度ボールを投げてくれとせがむ。しばらくヤンをじらしてから、僕はまたボールを投げる。ヤンがボールに向かって勢いよく走り出す。

——大丈夫。どれほどのことでもない。僕たちの時間は間もなく終わる。僕たちはすぐにいなくなり、ほんの数十年で、完全に、跡形もなく、忘れ去られる。まるで一週間前の朝食のメニューのように……

24・

再び地下室に降りる。

これから食肉にされる雄牛の絵の下――鉄格子の向こう側のベッドの上で、女はすでに目を開いてコンクリートの壁を見つめていた。

「目が覚めたようですね。具合はいかがですか？」

俯《うつぶ》せになってベッドを抱いた女は亀のように顔をもたげ、地下室に入って来た僕を見つめた。

女の広い額には明るい栗色の前髪がかかり、唇には髪の束が貼りついている。けれど女には、前髪を搔《か》き上げることも、口に入った髪の束を取り除くこともできない。

僕は鉄格子の中に入り、ベッドに拘束された女の姿を見下ろす。

女はエメラルドグリーンの小さなショーツだけを身に着けて、ベッドに俯せになっている。かつてほかの女たちがそうしていたように、大きく広げた両手両足を白いナイロンロープでベッドの4隅の柱にがっちりと固定され、水面に浮かぶアメンボウにそっくりの格好でベッドに貼りついている。

「あなたは誰なの？」

僕を見上げた女の整った顔には、恐怖と怒り、そして憎しみが入り交じっている。

……この女は本当にこんな顔をしていたのだろうか？

「ここはどこなの？」

僕は笑おうとする。だが、顔が強《こわ》ばってうまくいかない。しかたなく女から目を逸《そ》らし、女が縛りつけられたベッドの下に視線を落とす。ベッドの下には、女の体から剝《は》ぎ取られた白いタオル地のバスローブが落ちている。

「……いったい、何のつもりなの？……いったい、どんな理由があってこんなことをするの？……答えなさい……わたしの質問に、答えなさい……」

女が体をよじる。骨張った手首にナイロンロープが深く食い込み、不自然なほどに張り詰めた大きな乳房が、胸の下でゴムボールのように歪《ゆが》む。

今年の春、女は50歳になったはずだ。そうだ。それは間違いない。だが女は、50歳というその年齢からは考えられないほど美しい体をしている。

おそらくほとんど毎日、エキササイズ・マシンや水泳やエアロビクスで鍛え、エステティックサロンで手入れをし、低カロリー高蛋白《たんぱく》の食事を取り続けているのだろう。薄い皮膚の下には余分な脂肪はひとかけらもなく、腕や腿《もも》や背中、そして尻《しり》には発達した筋肉繊維が浮き上がり、まるで高跳びか幅跳びの選手のように完全に引き締まっている。

「あなたは誰なの？　ここはどこなの？……質問に答えなさい……こんなことをして、ただで済むとでも思っているの？」

女が身悶《みもだ》えするたびに髪の中のピアスが光り、全身の筋肉が美しく浮き上がる。空気の詰まったゴムボールのような乳房が、さまざまに形を変えて歪む。こんな年になってもビキニの水着を着ているのだろうか？　女の皮膚にはうっすらと、小さな水着の跡が残っている。

「ロープをほどきなさい……早く、これをほどきなさいっ！」

女の声をききながら、ベッド脇に置かれた椅子に腰を下ろす。そっと手を伸ばし、光沢のある薄いショーツに包まれた女の堅そうな尻に触れる。

「触らないでっ！」

女が叫び、僕の手の下で女の尻の筋肉がキュッと強ばる。

僕は静かに微笑む。

大丈夫——この女はもう僕のものだ。急ぐ必要は何もない。

「さて……それじゃ、まず、ゲームをしましょう」

呟《つぶや》くように、僕は言う。「《わたしは誰でしょうゲーム》です……さあ、僕は誰なんでしょう？」

女を見つめて、僕はまた微笑む。

「ふざけないでっ！　早く、これをほどきなさい。そうしないと……」

女は僕の話をきいていない。

「静かにしろっ、麻生令子《れいこ》！」

僕が大声を上げ、名前を呼ばれた女がビクッとして動きをやめる。

「静かに……静かにしてください……麻生さん。騒いでも状況は変わりませんよ」

僕はそう言って、また微笑む。

「ひとつだけヒントをあげましょう。麻生さん、あなたと僕は前に会っています。それも1度や2度じゃなく、何度も何度も会って話をしているんです……さあ、僕は誰でしょう？　よく考えて思い出してください」

女は答えない。だが、僕が名前を呼んだことで、これが行きずりの犯行ではなく、計画的なものだということだけは彼女にもわかったはずだ。

「さあ、思い出してください。答えられないと、厳しい罰が待ってますからね……だから、一生懸命に考えてください」

僕はまた微笑むが、女はやはり答えない。アメンボウのような格好で鉄のベッドを抱き、不自然なほどに真っ白な歯を食いしばって僕を睨《にら》みつけるだけだ。

「答えられないようですね」

僕は溜《た》め息をつく。

しかたない。こんなことはしたくなかったが、しかたがない。僕はポケットから出した煙草をくわえて火を点《つ》ける。もちろん、それを吸うわけではない。

「答えられないのなら、罰を与えなければなりません」

僕はそう言い、火の点いた煙草の先端を無造作に、骨張った女の左の肩に——その滑らかな皮膚に、押しつけた。

「いやあっ！　熱いっ！　いやあああっ！」

女が凄《すさ》まじい悲鳴を上げ、猛烈に身悶えする。化繊の小さなショーツがせり上がり、尻の割れ目に深く食い込む。蛋白質の焦げる匂いが立ち上る。

女の肩から煙草を離す。皮膚にできたばかりの、小豆《あずき》色の火傷《やけど》を見つめながら煙草をふかす。煙草の先端で消えかけていた火が、また赤くなる。

「ああ、やめてっ……熱い……熱いわっ……」

女が痩《や》せた体をよじり、そのたびに全身の筋肉が美しく浮き上がる。

「知ってます……煙草の火はすごく熱いんですよね？　目が眩《くら》むほど熱いんですよね？……さあ、答えてください。僕は誰なんでしょう？」

だが女はわけのわからない声を上げるばかりで、答えない。

しかたがない。今度は煙草を女の二の腕に近づける。

「嫌よっ……嫌っ……やめてっ……やめてーっ！」

女が悲鳴を上げ、気も狂わんばかりに悶える。僕は女の左腕を押さえつけ、煙草を女の二の腕に——肘《ひじ》と腋《わき》の下のちょうど真ん中に——押しつける。

「あうっ！　いやああああああっ！　熱いっ！」

再び女の叫び声が地下室に響き渡る。

「熱いっ！　熱いっ！」

「オーバーな人ですね」

女の腕から煙草を離して僕は笑う。「確かに熱いけど……おしっこが漏れそうになるほど熱いけど……だけど、僕はそんな声は出さなかったはずですよ。さて……次はどこに煙草の火を押しつけましょうか？　太腿がいいですか？……それとも背中がいいですか？」

女は両手首のロープを握り締め、全身を猛烈に喘《あえ》がせている。「やめてっ！　お願いっ！　熱いのっ！　もう許してっ！　お願いっ！」と、うわ言のように繰り返している。

「あなたが僕を思い出すまでは、やめるわけにはいきません」

僕はそう言って、また微笑む。今度は女の左足を押さえつけ、その足の裏に真っ赤になった煙草の火を押しつける。

コンクリートの密室に、凄まじい女の悲鳴がまた響き渡る。

25.

全身から噴き出した汗が、50歳になった女の筋肉質な体を美しく光らせている。女の左肩と左の二の腕、左の足の裏、そして左の腿の付け根と背中と腰には、煙草の火による火傷と火脹《ひぶく》れができている。

「僕が誰なんだか、まだ思い出せませんか？」

僕は床に落とした煙草を踏み潰《つぶ》して微笑む。だが女はヒーヒーと呻《うめ》くばかりで、答えようとしない。おそらく、僕をまだ思い出すことができないのだろう。

「しかたないですね」

そう言って笑いながら、次は何を罰として与えようかと考える。髪の毛をごっそりと引っこ抜いてやるのもいいし、太腿の内側や脇腹の柔らかな部分を内出血ができるほど強くつねってやるのもいい。洗面器に水を張って、そこに顔を押しつけてやってもいいし、手や足に熱湯を浴びせてやるのもいい。気を失う寸前まで首を絞めてもいいし、思い切り頬を張ってもいい……。

「そうですね……次の罰は……そうだっ。キンカンにしましょう」

そう決めると、僕はポケットからアンモニア水の入った小ビンを取り出す。小ビンの蓋《ふた》を取り、中のアンモニア水をハンカチにたっぷりと染み込ませる。

「歯を食いしばってください」

そう言って、アンモニア水を含ませたハンカチを、大きく広げられた女の足と足のあいだの部分——女の性器に、薄いサテンのショーツの上から押しつける。

「いやっ、やめてっ……あひっ！……ああああああっ！」

女が天を仰いで振り絞るような悲鳴を上げ、筋張った首に青い血管が浮き上がる。ピンク色の長い爪がベッドマットを強く摑《つか》み、柔らかくウェイブのかかった栗色の髪が激しく振り乱される。

「これは猛烈に染みるんですよね？　息もできないほど辛いんですよね？」

僕は激痛に身をよじる女を見下ろして言う。だが女には、それに応じる余裕はない。全身をよじって呻き続けるだけだ。

「よく知ってます。僕もよく裸にされて、オチンチンにキンカンを塗られましたから、それがどんなに染みるか……どんなに辛いか……よく知ってるんですよ」

その言葉に女は、汗にまみれた顔を上げる。水面を漂うアメンボウのようにベッドマットを抱いたまま、涙の滲《にじ》む目で、僕の顔をじっと見上げる。

僕は、苦痛に歪んだ女の顔を、誰かに似ている、と思う。そう。この女は誰かに似ている。いったい、誰に？

僕は化粧気のない女の顔を見つめ返す。50歳になったというのに、目元や口元にはまったくといっていいほど皺《しわ》がない。豊胸手術をしているぐらいだから、たぶん顔のあちこちにも小さな修正を加えているのだろう。

そう。女が美容整形手術を受けているのは、確かだ。目の形も僕の記憶とは違うし、鼻や唇の感じも明らかに違う。だが——間違いない。今、ここにいるのは間違いなく、僕が捜し求めていた女だ。

女は相変わらず僕の顔を見つめている。それから恐る恐る、まるで神に対する冒瀆《ぼうとく》の言葉を吐こうとでもいうように、唇を動かす。

「……もしかして……あなたは……」

そこまで言って、女はしばらく言いよどむ。それから、一気に言う。

「……リョウ……なの？」

その答えに僕は満足し、ゆっくり深く頷《うなず》く。

そう。女はようやく思い出した。

「正解です、お母さん……でも、こんな形でしか再会できなかったのは、少し残念です」

そう言って僕は、傷ついた患者に微笑むように、麻生令子に——旧姓・古河令子に、優しく微笑みかける。

26・

ずっと昔、母が殴られているのを見たことがある。いや、あるような気がする。

あの横浜の外れの、薄汚い木造アパートの散らかった部屋で、母はがっちりとした体格の男に殴られ、突き飛ばされ、畳に転がって悲鳴を上げていた。男はそんな母の細い腰や腹を何度も何度も蹴《け》りつけた。口から血を流した母がどれほど謝っても許さずに蹴り続け、髪を摑んで床を引きずりまわし、さらには母の体に馬乗りになって殴り続けた。最後は母の服を剝ぎ取って裸にし、床の上で髪を鷲摑《わしづか》みにして無理やり犯していた。

僕は途中で隣の部屋に逃げ込んだが、どんなに耳をふさいでも、押し入れに隠れて襖《ふすま》を閉めても、いつまでもいつまでも母の悲鳴がきこえた。

——いつのことだったかは、わからない。本当にそんなことがあったのかどうかさえ、今の僕にはもう定かではない。

27.

鮮やかな光沢を放つエメラルドグリーンのショーツだけを身に着け、アメンボウのような格好でベッドマットを抱いたまま、母は信じられないといった表情で僕の顔を見つめている。何度か口を開きかけるが、そこから言葉は出ない。煙草の火を押しつけられた火傷のいくつかは、早くも水ぶくれになっている。

「お母さん……あなたには僕を捜す気はなかったでしょうけど、僕は随分と捜したんですよ……何年も何年も捜して……ようやく見つけたんですよ」

僕は母の脇に置いた椅子に腰を下ろし、感情的にならないように気をつけながら、ゆっくりと話す。そうだ。これは22年ぶりの親子の再会なのだ。感情的になってはいけない。

静かだ——ここはとても静かだ。母の息遣いが微かに聞こえる。

僕は母の上に掛けられた雄牛の絵——とても稚拙で、とても陰鬱《いんうつ》で、見ているだけで泣きたくなるような絵——を見上げる。深く息を吸う。

まだ地上には雨が降っているのだろうか？　風は吹いているのだろうか？

この地下室にいると、それはまったくわからない。

「お母さん……僕と暮らしていた頃のことを覚えてますか？」

そう言って母を見る。だが、母は僕の顔を見つめるだけで何も言わない。

「もう20年以上も昔のことだから、お母さんはもう忘れてしまったかもしれないけれど……僕はよく覚えてるんです……本当によく覚えているんです……」

僕は目を閉じる。ゆっくり深呼吸を繰り返し、また目を開く。

「……お母さん、あなたは、母親らしいことは何ひとつせず、僕を随分と虐待しましたよね？　僕の体のあちこちに煙草の火を押しつけ、殴り、蹴飛ばし、つねり、髪の毛を引っこ抜き、水を張った洗面器に顔を押しつけ、一晩中、浴室に閉じ込め、『お前は悪い子だ』『望まれないのに勝手に生まれて来たんだ』と罵《ののし》りましたよね？　あげくの果てに、まだ9歳だった僕のことを捨てましたよね？」

僕は母を見つめて微笑む。

「だけど、いいです……それはもう終わったことです……僕はこうして生き延びた。だから……それはもう、許しましょう」

僕は2階から持って来たブルゴーニュ産の赤ワインをグラスに注ぐ。それを一口飲んでから、ベッドに俯《うつぶ》せに縛りつけられたままの母に、「飲みますか？」と、きいてみる。だが、母は微《かす》かに首を横に振っただけで、やはり口を開こうとはしない。

ワインをもう一口飲み、背の高いワイングラスをタイルの床に慎重に置いてから、僕はまた話し始める。

「お母さん……あなたは、僕の弟か妹になるはずだった子供たちを2度も中絶した。そう。2度もです。そのくせ、自分でそうしたくせに、あとになって仏壇を作ったり、そこに供え物をしたりして、生まれずに殺された子供たちに許してもらおうとした。自分が殺した者に許しを乞《こ》うだなんて、随分とムシのいい話ですよね……生きている者は許すこともできますが、死んでしまった者には許すことなどできません……違いますか？」

母の口がわずかに動くのを見て、僕は口をつぐみ、母の言葉を待つ。床に手を伸ばし、ワイングラスの中の液体を飲み干す。

僕は待つ。

だが、いくら待っても母の口からは言葉が出ない。

「でも……いいでしょう。生まれずに殺された弟か妹たちは決して許さないとは思うけれど、僕はあなたを許しましょう……そうです。僕は許しましょう……20数年前、僕が公園で拾って来た白い子猫を、あなたがビニール袋に押し込んで生ゴミと一緒にゴミ集積所に捨ててしまったことも、僕が縁日の屋台ですくってきた金魚をトイレに流してしまったことも、僕が友人からもらった文鳥をあなたが逃がしてしまったことも……許しがたいことですが、許しましょう。あなたは僕のお母さんだから……ほかの人がしたのなら絶対に許せないことだけど……あなたは僕の母親だから……特別に、許しましょう」

僕は言葉を切り、感情の高ぶりを抑えるために床に置いたワインのボトルを手に取り、震える手で、それをグラスに注ぐ。酸味の強いワインをまた一口飲み、雄牛の絵を見上げて深呼吸をする。

「僕は許すつもりだったんです。許すつもりで、あなたを捜したんです」

ベッドマットを抱いた母が首をもたげ、僕は口をつぐむ。

「だったら……どうして……？」

小さな声で喘ぐように、ようやく母がそれだけ言う。

僕は汗の滲《にじ》んだ母の、皺ひとつない顔をじっと見つめる。

「知りたいですか？」

そう言って微笑む。

「最初は許すつもりだった。だけど、どうしても、どうしても、許せなくなった。なぜだと思います？」

首を必死にもたげて母は僕を見つめ、わからないというふうに首を振る。

「それは……あなたの息子のせいです」

「……息子の？」

「そうです。僕ではない、もうひとりの息子……新しい夫とあなたのあいだにできた、もうひとりの息子……確か、裕太《ゆうた》クンといいましたっけ？……麻生裕太……あなたが、その息子を、とてもかわいがっていたからです」

裸でベッドマットを抱き、母は無言で、31歳になった長男を見上げる。いや、もしかしたら、僕が31歳になったということすら、母はもう覚えていないかもしれない。

かつての僕は幼くて、無力で、母に何の抵抗もできなかった。だが——今はそうではない。

「お母さん……もし、あなたに僕のほかに子供がいなかったら、たぶん僕は許せた……たとえもし、新しい夫とのあいだに子供がいたとしても、その子を僕と同じように虐待し、いじめ、罵っていたのなら、僕は許せた……せめて……せめてその子が、男の子ではなく女の子だったなら、何とか許すことができたかもしれない……」

僕は僕の弟である少年の姿を思い浮かべる。母にそっくりな整った、だがまだどことなく幼さの残る顔をした13歳の少年——その少年のあどけない顔が、驚きから恐怖に変わった、あの瞬間のことを思い浮かべる。

「だけど……あなたは新しい夫とのあいだにできた息子を虐待したりはしていなかった。それどころか、溺愛《できあい》といえるほど愛していた……その男の子にいつも綺麗《きれい》で洒落《しゃれ》た服を着せ、小遣いをたっぷりと与え、その子が好きな食べ物を料理し、その子が欲しがる物は何でも買い与え、旅行やキャンプやドライブや買い物に連れて行き、遠足や運動会の時には手の込んだ弁当を作り、授業参観やPTAの会合に出席し、いつもいつもその男の子のそばにいるようにしていた……」

僕はまた床に置いたグラスにワインを注ぐ。手の震えを抑え、意識的な深呼吸を繰り返す。グラスの中の液体を口に含み、しばらく味わってから、ゆっくりと飲み込む。酸味の強いワインが喉《のど》をピリピリと痺《しび》れさせながら、食道を流れ落ちていく。

「お母さん……あなたに捨てられたあと、僕は、お母さんは子供が嫌いだったんだと思おうとした……お母さんは子供が嫌いだったから、だから僕を捨て、僕の弟か妹になるはずだった子供たちを殺してしまったんだと考えようとした……時には、お母さんは男の子が嫌いで、もしも僕が男の子ではなく女の子だったら、こんなふうに捨てられたりはしなかったんだと考えようとした……そういうふうに考えることで、自分が捨てられた理由を何とか納得しようとした……」

僕は低い声で話を続けている。母は無言で、そんな僕をじっと見つめている。

「……だけど、そうではなかったんですね？」

そう言って、母に笑いかける。「お母さんは子供が嫌いだったんじゃなく……この僕が嫌いだったんですね？……男の子が疎ましかったんじゃなく、この僕が疎ましかったんですね？」

僕は手にしたグラスの中のワインを飲み、母の体の上に掛かった雄牛の絵を眺める。

母はやはり無言で、僕を見つめている。

僕は目を閉じる。そして、捜し続けた母の言葉がきこえるのを待つ。

28

「ごめんなさい……わたしが悪かったわ」

遠くからきこえる母の声に、僕は目を開いた。

「ごめんなさい……リョウ……ごめんなさい」

静かに母を見つめる。ロープで手足を固定されたまま、母は顔だけをもたげて、こちらを見つめている。母が顔を動かすたびに、髪のあいだのピアスがキラキラと光る。

「あの頃のわたしは、どうかしてたのよ……あの頃のわたしは、あなたのお父さんと離婚して、すごく貧乏で、すごく惨めで……いろいろな男に騙《だま》されて……何もかもがうまくいかなくって……すべての人のことを憎んでて……いつもイライラしてて……こんなはずじゃなかったって思って……それに……リョウがあなたのお父さんだった男に似ていたから……その男にあなたがそっくりだったから……それで……それできっと、リョウに当たってしまったの……あなたに辛い思いをさせてしまったの……ごめんなさい……わたしが悪かったの……」

僕を見上げる母の目から、大粒の涙がボロボロとこぼれた。

「わたしが悪かったの……ごめんなさい。リョウ。本当に、ごめんなさい……」

僕にはどうしたらいいか、わからない——あれほど僕を虐待し、あれほど簡単に僕を捨てた母の謝罪に、何と言って答えればいいというのだろう？ 20数年後に、こんな形で、そんなことを言われて、いったい僕は、どんな顔をしたらいいというのだろう？

僕は無言でワインを飲んだ。

「わたしが悪かった……そう。わたしが悪かったの……だけど……リョウ……だけど、ひとつだけ、リョウは勘違いしてるわ」

顔を上げて母を見る。

「リョウにとってはどうでもいいことかもしれないけれど……わたしは2度も中絶していないわ……中絶したのは、1度だけよ」

「1度だけ？」

驚いて、僕はきき返す。あの小さなお膳《ぜん》に乗っていた2枚の札を思い出す。

そうだ――間違いなく、あの小さな漆のお膳には、細い筆で戒名らしきものを書いた紙の札が2枚立て掛けてあった。

「確かに……リョウが生まれた翌年、1度だけ、中絶したことがある……わたしひとりじゃ、もうあれ以上、子供を育てられないと思ったから……だけど……だけど、わたしが中絶したのはその1度だけなのよ……」

「それじゃあ……もうひとつの位牌《いはい》は……いったい、誰のなんです？」

「……もうひとつの位牌？」

「そう……漆のお膳に立て掛けてあった2枚の位牌のうち、もう1枚は誰のだったんです？」

　母はほんの少し、考える。それから言う。

「ああ、あれは……あれは、リョウの双子の兄弟の位牌よ」

「僕の……双子の兄弟？」

　あまりの驚きに、僕は一瞬、言葉を失う。「……嘘でしょ？……そんな……嘘でしょ？」

　そう呟《つぶや》き、無意識に唇を嘗《な》める。

「嘘じゃない。本当よ」

　裸でベッドマットを抱いたまま、母が言う。「リョウは双子だったのよ……確かに産婦人科の医者に双子だって言われたの……だけど、もうひとりは、途中でいなくなってしまったのよ」

「……いなくなった？」

　僕の体内を不思議な戦慄《せんりつ》が走り抜ける。

「そうよ。いなくなったの。最初はふたつきこえていた心臓の音が……確か……妊娠12週か13週ぐらいの時に、ひとつだけになってしまったのよ」

　母の声がきこえ、僕の中で何かがはじけた。

29

そうだったのか――。

瞬間、僕は理解した。

そうだったのか。そうだったのか。

ジグソーパズルの最後の1枚がピタリと嵌《は》まり、その時、初めて全体の構図が明らかになるように、瞬間、僕はすべてを理解した。

今、母が言ったことは、おそらく真実だ。僕は双子として母の子宮に発生し、母の胎内でもうひとりの胎児と一緒に10数週を過ごし、そして、その胎児を……殺したのだ。羊水の中を漂いながら、もうひとりの胎児と母体から送られる養分をかけて争い、その争いに勝ち、彼を、あるいは彼女を、殺してしまったのだ。

そうだったのだ。それで、すべてがわかった。完全にわかった。

僕は生まれた時、すでに双子の兄弟を殺していたのだ。生まれた時、すでに僕は殺人者だったのだ。

そうだったのだ――。

僕は生まれながらの殺人者だったのだ。だから、院長から中絶専門の施設である新館の責任者を打診された時、僕はそれを断らなかったのだ。胎児を殺すというのは、僕にうってつけの仕事だったのだ。

そうだったのだ——。

僕は生まれながらの兄弟殺しだったのだ。だから、今夜も、平気であんなことができたのだ。顔色ひとつ変えずに、あんなことができたのだ……。

僕は顔を上げた。そして、ベッドに俯《うつぶ》せに縛りつけられた裸の母を見つめた。静かに頷《うなず》き、母に優しく微笑みかけた。

「お母さん……いろいろきかせてもらって、ありがとう。僕がどういう人間だったのか、よくわかりました。どうしてこんなふうになってしまったのか……本当によくわかりました」

僕はそう言って椅子から立ち上がる。

「そうそう……今からお母さんに、いいものをお見せしますよ。ちょっと、ここで待っていてくださいね」

母をベッドに残したまま鉄格子を出て、1階のガレージに向かう。

30・

ガレージから戻ると、僕は再び母の脇に腰を下ろす。そして、ガレージから運んで来たコールマンの小型クーラーボックスの中から、それを取り出し、母の目の前に差し出す。

母には一瞬、それが何なのか、わからない。

……1秒……2秒……3秒……そして次の瞬間、母が凄《すさ》まじい悲鳴を上げる。

「いやああああああああああーっ！　あああああああああああああああああああああーっ！」

その悲鳴をききながら僕は言う。

「お母さん、心配しなくても大丈夫ですよ……あなたの息子は……僕の弟は……少しも苦しまずに死にましたから……そう。裕太クンは、少しも苦しまず、とても簡単に死にましたから……」

母の耳に、僕の声は届いただろうか？

母は猛烈な悲鳴を上げ続け、狂ったように身悶《みもだ》えしている。手首と足首にナイロンロープがきつく食い込み、ベッドマットがギシギシと激しく軋《きし》んでいる。

僕はクーラーボックスから取り出したそれを——僕の弟にあたる13歳の少年の左手首を——母の顔の脇に置き、じっと見つめる。地下室に響き続ける母の凄絶《せいぜつ》な悲鳴をききながら、切断された少年の手首にうっすらと生えている産毛《うぶげ》のような毛や、指先に付いた5つの爪や、親指の付け根にある直径5㎜ほどのホクロを、じっと無言で見つめる。

僕は生まれながらの兄弟殺しなのだ。生まれる前にすでに、双子の兄弟を殺しているのだ。だから今夜、あの家の2階の弟の部屋で、彼の首を絞めて殺すことなど何でもないことだったのだ。

母の悲鳴は続いている。

僕はグラスの中のワインを飲む。

「ねえ、お母さん……どうしてそんなに嘆くんです？……どうして、それほど悲しむんです？……お母さんは平気な人だったじゃないですか？……そうでしょう？……子供を中絶するのも平気だったし、捨ててしまうのも平気だった……それなのに、なぜ、この男の子のことでそんなに泣かなきゃならないんです……？」

そう言いながら、僕は自分の頬にも涙が流れていることに気づいた。


どれくらいの時間が過ぎたのだろう？

もう母の悲鳴はやんでいる。ワインのボトルもすっかり空になってしまった。

ベッドにアメンボウのように貼りつけられた母は、真っ赤に充血した目で放心したように壁を見つめている。顔の横に置かれた13歳の少年の手首の切り口から滲《にじ》んだ血液が、ベッドマットに茶褐色の小さな染みを作っている。

「さて、お母さん……そろそろ寝ましょうか？」

母を見下ろして僕は言う。

だが、放心した母には答えることなどできない。

「お母さんには4人の子供がいました……そのうちのひとりは、お母さんが殺し……あとのふたりは、僕が殺しました……」

僕は椅子から立ち上がり、母の顔の脇にあった弟の手首をクーラーボックスに戻す。それから、母の手首と足首をきつく縛ったナイロンロープをほどく。

母の骨張った手首や足首はすっかり擦りむけ、血が滲んでいる。だが、せっかく自由になったというのに、母は身動きさえしない。

「まだまだ話したいんですが……それはまた、明日にしましょう」

鉄格子に鍵《かぎ》をかけ、母に「おやすみなさい」と言う。地下室を出て、1階のガレージに横たえられた、手首をなくした少年の死体へと向かう。

31.

あれほど激しかった雨は、いつの間にかやんでいる。

嵐が去り、どうやら風向きも変わったらしい。もう秋もたけなわだというのに、夜の庭にはまるで夏のような温かな空気と、潮の香りが満ちている。

僕はグショグショに泥濘《ぬかる》んだ自宅の庭の片隅に立ち、そこにスコップで深い穴を掘っている。ナイキのランニングシューズやリーのジーパンやポール・スミスのシャツが泥だらけになってしまうのも気にせず、湿った土を掘り上げては、穴の脇に積み上げている。

僕の傍らでは、ヤンが積み上げられた土の匂いを珍しそうに嗅《か》いでいる。どうやら散歩に連れて行ってもらいたいらしいが、今はそんな時間がない。

穴を掘り続けながら、僕は少年を殺した時のことを思い出す。あの家の2階の一室で、弟である少年の首を絞めている時、僕はまるで、かつての自分を——幼かった頃の自分を絞め殺しているような錯覚に陥った。

僕の指は弟の細い首に信じられないほど深くめり込み、やがて親指の先が、弟の喉《のど》の骨を砕いた——その瞬間、僕の親指に伝わった感触と、僕の手首を握り締めていた弟の手から急激に力が失われていった感触とを、僕は思い出した。

夜明けが近いようだ。時折、鳥の鳴く声がきこえる。生ぬるい風が、全身に噴き出した汗を心地よく冷やしていく。

僕は弟の死体を埋めるための穴を掘り続ける。

床に置いた花瓶で、芝草さんが生けていったコスモスが咲いている。その傍らでは、ヤンが規則正しい寝息をたてている。遠くからグランパルティータがきこえる。

ベッドで天井を見つめながら、穴の中に体を丸めてうずくまった少年の姿を思い出す。

暗い穴の底に、白と水色のストライプのパジャマ姿でうずくまった少年は、まるでサーカスのピエロみたいに見えた。

ほかの死体はみんな相模湾《さがみ》に沈めた。けれど、あの少年の死体だけは、そんなことはしたくなかった。彼だけは、僕の近くに置いておきたかった。

——そうだ、あそこに花の種を蒔《ま》こう。

突然、僕はそう思う。

冬が終わったら、あの少年を埋めたところに花の種を蒔こう。

人の体には豊富なリン酸が含まれている。それは植物の開花と結実を促進する。あの少年の死体が——僕の弟の死体が、あの穴の中で腐敗し、虫たちに食われ、菌類に分解され、ドロドロに溶けて崩れて完全な土に戻った頃、あそこには美しい花が咲くことになるだろう。これから何年も、何年も、綺麗《きれい》な花が咲き続けるだろう。

……いったい何の種がいいだろう？

僕は花瓶のコスモスをしばらく見つめ、それから目を閉じた。

エピローグ

イヌワシは1回の繁殖期に普通は2個、時には3個の卵を産む。だが、卵から孵《かえ》った雛《ひな》のうち、成鳥にまで育つのはたいてい1羽だけだという。その理由は、雛のうちのいちばん強い個体が親の運んで来た餌を独占し、ほかの雛を餓死させてしまうからだ。親は強い雛にだけ餌を与え続け、弱った雛をかばうことはない。

双子の兄弟である僕に殺された時、その胎児はまだ12週か13週だったという。だとすれば、体重はまだ20gか25gほどで、大きさも大人の親指くらいしかなかったはずだ。

だがそれでも——その胎児の体内では内臓や中枢神経が1日ごとに、いや、1時間ごとに発達し続けていただろう。すでに外性器が形づくられ始め、腎臓《じんぞう》による排泄《はいせつ》作用も始まっていただろう。臍帯《さいたい》が長くなり、羊水の中を泳ぎ始めていたのだろう。

その羊水の中で——大人の親指ほどの大きさだった彼と僕とは憎しみ合っていたのだ。母体から送られて来る養分を必死で奪い合い、いがみ合い、憎しみ合い、お互いに相手の死を切望していたのだ。

僕たち兄弟は母の胎内で生存をかけて激しく争い、そして——僕が、その争いに勝った。

戦いに敗れた胎児は衰弱して死に、やがてミイラのように干からび、ついには胎盤に吸収されて消えてしまったはずだ。そして戦いに勝って生き残った僕は、狭い産道を抜けて光の存在を知り、空気を呼吸し、リョウという名前を付けてもらうことができたのだ。

ナチュラル・ボーン・キラー。僕は生まれながらの殺人者だ。僕はイヌワシの雛のように、生存競争に生き残ったのだ。

すべては、ただ、それだけのことなのだ。

——午前6時半。

ベランダのアルミニウムの手摺《てす》りを歩く懐かしい足音に目を覚ます。

慌ててベッドを飛び出し、カーテンを開く。

ベランダの手摺りにポルカが来ている。ポルカはカーテンを開けた僕に気づいて、手摺りの上をピョンピョンと跳ねるようにしてこちらに近づいて来る。

「ポルカ……半年ぶりだな」

急いでドッグフードを握り締め、ベランダに出る。固形のドッグフードをアルミニウムの手摺りに、一列にズラリと並べる。

「何だか、ちょっと太ったみたいだな？」

そう言って笑う。

黒い羽毛を艶《つや》やかに光らせたポルカは、僕が室内に戻るのを待ち兼ねて、一列に並べられたドッグフードを端から順に啄《ついば》み始める。

昨夜の嵐が嘘のように、今朝はとてもいい天気だ。空が透き通り、海が輝いている。

こんな朝は濃いコーヒーを飲みながら、ゆっくりとモーツァルトでもききたいところだが、そうはいかない。急いでヤンの散歩を済ませ、それから母のために朝食を作らなくてはならない。

母はどんな朝食が好みなのだろう？

素早く着替えを済ませ、まだ眠たそうなヤンに引き綱を付ける。

「さあ、海まで走るぞ」

ヤンにそう言って部屋を出る。

秋とは思えないほど生ぬるい風が吹いている。

昨夜の嵐のせいで、海岸には無数の漂流物が打ち寄せられている。

ヤンと僕は、前になったり、後になったりしながら、波打ち際を歩いて行く。強い朝日が僕の背中を熱いほどに暖め、水面を眩《まぶ》しく光らせる。

僕は朝食の献立を考えている。それを母と一緒に食べることを考えている。

母と朝食をとるなんて、いつ以来だろう？

メイプルシロップをたっぷりかけたフレンチ・トースト。サイフォンでいれたばかりのブルーマウンテン・ナンバーワン。チコリとラディッシュとニンジンのサラダ。ボイルしたソーセージと、カリカリに炒《いた》めたベーコン。スクランブルド・エッグとポーチド・エッグ。トマトジュースとオレンジジュース。クルトンを浮かべたオニオンのスープ。ミルクをかけたレーズン入りのシリアル。輪切りにしたパイナップルと、コンデンスド・ミルクをかけたイチゴ……。

僕がせっかく腕によりをかけて朝食を作ったというのに、裸でベッドに横たわった母は、こちらに背を向けてぼんやりと壁を見つめたままで、それらにはまったく口を付けようとしなかった。

「お母さんは和食のほうがよかったですか？」

そうきいてみるが、母はピクリとも動かない。

残念だが、しかたがない。

僕は母の骨張った背中や、そこにできた火傷《やけど》の跡を見つめながら、鉄格子の向かいに置いたテーブルで、いつものようにひとりで朝食を食べた。

暖かな風が吹く中を、ウィンドウを全開にしたポルシェで出勤する。

僕が自分のデスクに座るとすぐに、院長から電話が来た。

『おはよう、リョウ』

「ああ院長。おはようございます」

『これから、こっちにお茶でも飲みに来ない？』

「どうしたんですか？　こんな早くから？」

『だって、リョウ、きょうは手術の予定がなくて暇でしょ？』

その通りだ——。

きょうは珍しく、人工妊娠中絶手術の予定が1件もない。当医院では手術をする患者は子宮口を広げる措置をするために前日から入院することになっているから、予定外の手術が入ることもない。

そう。きょうはこの病院で、胎児がひとりも殺されない日なのだ。

「わかりました。それじゃ、今から行きます」

受話器を置き、葉の色を変え始めた窓の外のソメイヨシノを眺める。

ソファに院長と向かい合って座り、事務員が運んで来たブルーマウンテン・ナンバーワンを飲む。きょうの院長は珍しく、パンツスーツではなく、タイトなミニスカートを穿《は》いている。

「スカートだなんて、珍しいですね」

僕が言うと、院長はせり上がったスカートの股間《こかん》を軽く押さえながら、「たまにはスカートもいいかと思って」と笑う。

「脚が綺麗《きれい》だから、似合いますよ」

僕はそう言ってコーヒーを飲む。

「スカートなんて、もう何十年も穿いてなかったから……何だか変な感じ」

院長はちょっと恥ずかしそうに言って、薄いストッキングに包まれた骨張った脚を組む。踵《かかと》の高いパンプスの先端が、僕のズボンの裾《すそ》に触れる。

コーヒーを飲む院長の顔を見つめながら、僕は突然、僕の母が院長に似ていることに気づいた。いや……おそらく……そうではない。僕の母が院長に似ているのではなく、院長が僕の母に似ているのだろう。院長の顔や体つきが母に似ているから、だから僕は、院長を好きになったのだろう。

「リョウが褒めてくれたから、これからは、スカートも穿こうかな？」

院長が笑い、僕は無言で頷《うなず》く。

窓の向こうに、光の帯のように横たわる湘南の海を見つめる。

有線放送ではスラヴァが、カストラートみたいな声で『アヴェ・マリア』を歌っている。僕は窓の外を眺めながら、インスタントのコーヒーを飲んでいる。

手術の予定がないので、きょうはたっぷり時間がある。看護婦たちも何となく暇そうにしている。

することがないのでデスクにゴーギャンの画集を広げていたら、看護婦の小山美紗が「古河先生。今、いいですか？」と言って入ってきた。

「ああ、小山さん。どうしたの？」

小柄な小山美紗は、立っていても座っている僕とあまり背が変わらない。

「実は今夜、みんなで居酒屋に行くんですけど、もしよかったら、古河先生も一緒に行きませんか？」

「今夜？」

「ええ。先生が行けば、みんな喜びますよ」

「そうなの？」

「ええ……先生がいると、わたしも嬉《うれ》しいし……」

そう言って、小山美紗は顔を紅潮させる。

「誘ってくれてありがとう。だけど、今夜はダメなんだよ」

「何か予定があるんですか？」

「うん。実は、母が来てるんだ。悪いけど、また誘ってよ」

「そうなんですか?……がっかり」

そう言って小山美紗が部屋を出て行く。


僕はまたゴーギャンを眺め、コーヒーをすする。外の暖かな風を入れるために、窓を少しだけ開ける。そして、今夜の献立と、夕食のひとときのことを考える。

今夜は和食にするつもりだから、すっきりした味のシャブリを開けよう。食事をしながら、母と何の話をしようか? 僕にそっくりだという僕の父の話でもきいてみようか?

それとも——そんな男のことは、母はとうに忘れてしまっただろうか?


凶悪な連続殺人犯である僕が捕まらないと考えていると思うのは間違いだ。

早ければすぐ——そして、遅くともやはりすぐ——僕の犯行は発覚し、僕は逮捕されるだろう。

別にそれはかまわない。逮捕されようが、絞首刑に処せられようが、そんなことはどうでもいい。僕ほど大勢の人を殺した人間は、有史以来、そうたくさんはいないはずだから……そんな僕には、死刑がふさわしい。

ただ、僕のせめてもの願いは、ヤンがその生涯をまっとうするまで、そばにいてやりたいということだけだ。ヤンが命を終えるその日まで、海岸に散歩に連れて行き、その背を撫《な》でていてやりたいということだけだ。

だが、たぶん……それは難しいだろう。

時々、僕は自分が逮捕された時のことを考えてみる。中絶専門の産婦人科医によって行われた凶行の数々に社会は震撼《しんかん》し、ワイドショーは僕の過去や現在を競って暴き立てるだろう。そこにはもしかしたら、僕の父だという男も登場するかもしれない。

僕にはそれらのワイドショーを見ることはできないはずだが、できることなら、それを見てみたいと思う。

史上最悪の犯罪者でさえ、最初から犯罪者として生まれたわけではない。

フロイトか誰かの、そんな言葉を読んだことがある。

だが、僕は——生まれた時、すでに犯罪者だったのだ。そう。僕は生まれながらの殺人者なのだ。

院長が電話してくる。とりとめもない話をしばらくしたあとで、院長が急に『リョウとあと10年早く出会っていたらなあ』と言う。

「どうしてですか？」

『別に……ただ……そうしたら、リョウの赤ちゃんを産めたかもしれないなって……』

呟くように院長が言い、何と答えていいかわからず、僕は受話器に向かって微笑む。


コーヒーをすすり、ゴーギャンを眺める。

庭に埋めた弟の死体の上に、どんな花の種を蒔《ま》こうかと考える。

窓からの暖かな風が、画集のページを静かにめくる。

あとがき

人に与えられた時間は100年にも満たない。僕たちはすぐに、いなくなる。ことあるごとに、僕はそう書いてきた。だが、この100年という時間がどれだけのものなのかを、実際に感じることは難しい。

そういう時は『年』を『円』に置き換えてみると少しは実感しやすくなる。地球ができてから46億円。最初の生命が誕生してから40億円。恐竜が絶滅してから7000万円。ヒトがチンパンジーと別れてから500万円。文字が発明されてから6000円。イエス・キリストが生まれてから2000円。そして――僕たちに与えられたのが80円か90円。多くてもせいぜい100円だ。

作品の中で主人公に僕は、生まれて来られなかった者には運がなかった、と言わせた。けれど、実は僕はそうは思っていない。

もし、僕たちに2000年の時間が与えられているなら、そうしたら、生まれて来られた僕たちは運がよかったといえるかもしれない。いや、せめて1000年の時間を生きられるなら、生まれて来たことは運がよかったといえるかもしれない。けれど――生まれて来た者に与えられた時間は、100年にも満たない。

生命が地上に誕生してから40億年。その中のわずか１００年……だとしたら、生まれたことと、生まれなかったこととのあいだに大差はない。生まれて来られた者もすぐに死に、生まれて来られなかった者と同じになる。だから――生まれられなかった者たちも、そんなに悲しまなくていい。戦争と飢餓しか知らずに死んでいく子供たちも、そんなに嘆かなくていい……。

僕たちは誰も、ほんの一瞬、ここにいる。そしてすぐに、いなくなる。

この小説を書くにあたって、ロジャー・ローゼンブラット氏の『中絶』を始め、たくさんの文献を参考にさせていただいた。感謝している。

最後になるが、混乱する僕にかけがえのないアドバイスを与え続けてくれた角川書店の佐藤秀樹氏と本田武市氏、そしてこの14年ずっとそばにいてくれた妻の弘美に、この作品を捧《ささ》げたい。

大　石　　圭

二〇〇二年一月

殺人勤務医《さつじんきんむい》
大石《おおいし》 圭《けい》

角川ホラー文庫 12378

平成14年3月10日 初版発行
令和7年3月5日 32版発行

発行者———山下直久
発 行———株式会社KADOKAWA
〒102-8177 東京都千代田区富士見2-13-3
電話 0570-002-301（ナビダイヤル）
印刷所———株式会社KADOKAWA
製本所———株式会社KADOKAWA
装幀者———田島照久

ISBN978-4-04-357202-1 C0193

角川文庫発刊に際して

角川源義

第二次世界大戦の敗北は、軍事力の敗北であった以上に、私たちの若い文化力の敗退であった。私たちの文化が戦争に対して如何に無力であり、単なるあだ花に過ぎなかったかを、私たちは身を以て体験し痛感した。西洋近代文化の摂取にとって、明治以後八十年の歳月は決して短かすぎたとは言えない。にもかかわらず、近代文化の伝統を確立し、自由な批判と柔軟な良識に富む文化層として自らを形成することに私たちは失敗して来た。そしてこれは、各層への文化の普及滲透を任務とする出版人の責任でもあった。

一九四五年以来、私たちは再び振出しに戻り、第一歩から踏み出すことを余儀なくされた。これは大きな不幸ではあるが、反面、これまでの混沌・未熟・歪曲の中にあった我が国の文化に秩序と確たる基礎を齎らすためには絶好の機会でもある。角川書店は、このような祖国の文化的危機にあたり、微力をも顧みず再建の礎石たるべき抱負と決意とをもって出発したが、ここに創立以来の念願を果すべく角川文庫を発刊する。これまで刊行されたあらゆる全集叢書文庫類の長所と短所とを検討し、古今東西の不朽の典籍を、良心的編集のもとに、廉価に、そして書架にふさわしい美本として、多くのひとびとに提供しようとする。しかし私たちは徒らに百科全書的な知識のジレッタントを作ることを目的とせず、あくまで祖国の文化に秩序と再建への道を示し、この文庫を角川書店の栄ある事業として、今後永久に継続発展せしめ、学芸と教養との殿堂として大成せんことを期したい。多くの読書子の愛情ある忠言と支持とによって、この希望と抱負とを完遂せしめられんことを願う。

一九四九年五月三日